KB248046

아큐정전

阿Q正傳

루쉰 지음
조관희 옮김

그린비

루쉰(魯迅, 1881~1936)은 중국 현대문학의 창시
자이자 지식인 양심의 상징적 인물로, 20세기
초 격동기의 중국 사회를 문학으로 통렬히 해부
한 작가이다. 청나라 말기 절강성 사오싱에서 몰
락한 사대부 가문 출신으로 태어난 그는, 어려서
부터 한학을 익혔으나 신교육을 수용하며 일본
으로 유학을 떠났다. 원래는 의학을 공부했으나
"정신을 치료하지 않으면 육체의 치료도 무의미
하다"는 자각 아래 문학으로 방향을 전환하였
다. 이는 루쉰 문학의 근본정신인 "국민성 개조"
의 기조를 형성한다.

그는 1918년 잡지 《신청년(新靑年)》에 중국 최초의 백화문(白話文) 단편소설인 〈광인일기(狂人日記)〉를 발표하며 문단에 등장했다. 이 작품은 봉건 윤리를 '식인'에 비유하며, 전통적 도덕의 폭력성과 인간성의 억압을 신랄하게 고발한 것이다. 이후 〈아큐정전(阿Q正傳)〉, 〈고향(故鄕)〉, 〈약(藥)〉 등 일련의 단편들을 통해 중국 민중의 정신적 피폐, 지식인의 무능, 사회의 구조적 병폐를 냉철한 시선으로 조명했다. 이들 작품은 《외침(吶喊)》(1923), 《방황(彷徨)》(1926) 등의 소설집에 수록되어 중국 현대문학의 기초를 이루었다.

루쉰 문학의 핵심은 지식인의 자기 성찰과 봉건적 질서에 대한 구조적 비판이다. 그는 고통받는 민중에 대한 연민을 바탕으로 인간의 정신적 해방을 추구했다. 그가 그린 등장인물들은 대부분 패배자, 겁쟁이, 모순된 인간 군상이지만, 이를 통해 현실을 적나라하게 드러내고 그 속에서 변화를 위한 통찰을 이끌어낸다. 그는 감상주의를 배격하고, 날카로운 풍자와 아이러니, 간결한 문장으로 독자를 각성시키는 문체를 확립했다. 또한 고대 문헌에 대한 깊은 식견을 바탕으로 전통을 단순히 부정하지 않고 그것을 해체하고 비판적으로 재구성하였다.

루쉰은 단순한 문인이 아니라 당대 중국의 가장 영향력 있는 공론의 주체였다. 《아침 꽃 저녁에 줍다(朝花夕拾)》, 《화개집(華蓋集)》 등 수많은 잡문과 산문을 통해 사회·문화·정치 문제에 개입했고, 좌우 이념 대립 속에서도 타협 없이 지식인의 책임을 다했다. 그는 특정 정당이나 노선에 종속되지 않은 자율적 지식인의 전형으로, "죽는 날까지 싸운 문필가"라는 평가를 받고 있다. 1936년 타계한 이후에도. 루쉰은 중국 현대 문학과 사상에 지대한 영향을 미쳤으며, 마오쩌둥조차도 그를 '중국 문화혁명의 대선봉장'으로 칭송했다.

차례

일러두기

- 이 책에 나오는 중국인들의 인명과 지명은 고대나 현대를 불문
하고 모두 원음으로 표기하였다. 아울러 중국어의 한글 표기는
문화체육부 고시 제1995-8호 '외래어 표기법'에 의거하되, 여
기에 부가되어 있는 일부 표기 세칙은 적용하지 않았다. 대표적
인 것이 경구개음 ji, qi, xi의 경우다. 이를테면, '浙江'과 '蔣介石'
의 경우 '외래어 표기법'에 따르면 '저장', '장제스'로, 표기해야
하지만, 옮긴이는 이게 부당하다고 여겨 원음 그대로인 '저장'
과 '장졔스'로 표기하였다.
- 이해를 돕기 위해 작성한 옮긴이 주는 일련번호를 붙여 미주로,
편집자 주는 기호를 붙여 각주로 처리했다.

자서[1]

젊은 시절에는 나도 수많은 꿈을 꾸었다. 나중에는 대부분 잊어버렸지만, 그렇다고 애석해하지는 않았다. 이른바 추억이란 건 사람을 즐겁게 하기도 하지만 어떤 때는 적막하게 만들기도 한다. 이미 지나가 버린 적막한 시간들을 정신의 실오라기에 붙들어 매어둔들 무슨 의미가 있으랴. 나는 오히려 그것들을 완전히 잊어버릴 수 없는 게 고통스러울 따름이다. 이렇듯 완전히 잊어버릴 수 없었던 일부의 기억이 지금 《외침》을 쓰게 된 빌미가 되었다.

나는 일찍이 4년 남짓한 시간 동안 거의 매일 전당포와 약방을 들락거린 적이 있었다. 몇 살 때인지는 잊어버렸지만, 약국의 카운터는 딱 내 키만 했고, 전당포의 그것은 내 키보다 갑절이나 되었다. 나는 갑절이나 높은 카운터에서 옷가지나 머리 장식 따위를 안으로 밀어 넣고 경멸스러운 눈총을 느끼며 돈을 받았다. 그리고는 다시 내 키만 한 약국의 카운터로 오랫동안 병치레를

하고 있던 아버지의 약을 사러 갔다. 집으로 돌아온 뒤에는 또 다른 일을 바삐 해야만 했다. 약을 처방한 의원이 아주 유명한 이였기에 쓰이는 약재 역시 유별난 것들이었기 때문이다. 이를테면, 한겨울의 갈대 뿌리, 3년간 서리 맞은 사탕수수, 교미 중인 귀뚜라미, 열매 달린 평지목 平地木[2] 등…… 대부분 쉽게 구할 수 있는 것들이 아니었다. 그러나 아버지는 병세가 날로 깊어져 끝내 돌아가시고 말았다.

나는 어지간하게 살아가다가 밑바닥으로 떨어져 본 사람이라면 그 길에서 세상인심의 진면목을 알 수 있으리라 생각한다. 내가 N[3]으로 가서 K학당[4]에 들어가려 했던 것도 다른 길을 걸어 다른 곳으로 도망쳐 다른 사람들을 찾아보기 위한 것이었을 게다. 어머니는 어쩔 도리 없이 8원의 여비를 마련해 주시면서 네가 알아서 하라고 말씀하셨다. 그러면서 어머니는 우셨다. 그것은 이치에 맞는 일이었다. 왜냐하면 당시는 공부를

해서 과거 시험을 치는 게 정도였고, 이른바 양
무洋務를 배우는 것은 사회적으로 갈 곳 없는 사
람들이 영혼을 서양 오랑캐에게 팔아넘기는 것
으로 치부되어 갑절의 수모와 배척을 당해야 했
기 때문이다. 하물며 어머니는 자기 아들을 볼
수 없었음에랴.

그러나 나는 그런 것들에 돌아보지 않고, 끝내
N으로 가서 K학당에 들어갔다. 이 학당에서 나
는 비로소 세상에는 이른바 ‘물리’와 ‘수학’, ‘지
리’, ‘역사’, ‘미술’, ‘체조’와 같은 것들도 있다는
사실을 알게 되었다. 생리학은 가르치지 않았지
만, 우리는 목판으로 된 《전체신론全體新論》[5]과
《화학위생론》[6] 등을 볼 수 있었다. 그러면서 내
가 여전히 기억하고 있는 옛날 의원들의 이론이
나 처방을 이제 알게 된 것들과 비교해 보고는,
한의학은 의식적이건 무의식적이건 일종의 속
임수에 지나지 않는다는 것을 점차 깨닫게 되었
다. 이와 동시에 그들에게 속은 환자나 환자의

가족들에 대한 동정심이 일었다. 아울러 번역된 역사책을 통해 일본의 유신도 대부분 서양 의학에서 비롯된 것이라는 사실을 알게 되었다.

이런 유치한 지식으로 인해 나중에 나는 일본의 어느 시골의 의학전문학7에 적을 두게 되었다. 내 꿈은 아름답게 부풀어 올랐다. 졸업하고 귀국하면, 내 아버지처럼 잘못된 치료를 받고 있는 환자들의 고통을 덜어주고, 전쟁이 일어나면 군의가 되리라. 그러면서 국민들의 유신에 대한 신앙을 촉진시켜 주리라.

미생물학을 가르치는 방법이 지금은 얼마나 진보했는지 모르겠지만, 아무튼 당시는 환등기를 이용해서 미생물의 형상을 보여주었다. 그래서 때로 강의 내용이 끝나고서도 시간이 남을 때는 선생이 풍경이나 시사적인 필름을 학생들에게 보여주는 것으로 남은 시간을 때우곤 했다. 그때는 바야흐로 러일전쟁 중이어서 당연하게도 전쟁에 관한 필름이 비교적 많았다. 나는 그

교실에서 항상 동급생들의 박수와 갈채에 동조해야만 했다. 한번은 갑작스럽게 화면에서 오래전에 헤어졌던 수많은 중국인들을 만나게 되었다. 중간에 한 사람이 묶여 있고, 그 주위로 많은 사람들이 서 있었다. 하나같이 건장한 체격이었지만, 멍청한 기색을 드러내고 있었다. 해설에 의하면, 묶여 있는 이는 러시아를 위해 군사 기밀을 정탐한 자로 일본군이 그의 목을 베어 조리돌림 거리로 삼을 것이라고 했다. 그를 둘러싼 이들은 조리돌림 거리로 삼을 이 장거를 감상하러 온 사람들이었다.

그 학년이 채 끝나기 전에 나는 이미 도쿄東京로 갔다. 그 사건이 일어난 뒤 나는 의학은 그다지 요긴한 일이 아니라는 생각이 들었다. 무릇 우매한 국민은 그 체격이 아무리 건장하고 우람한들 그런 조리돌림의 대상이나 구경꾼이 될 뿐이었다. 병으로 죽어 가는 인간이 얼마가 되었든 그런 것쯤은 불행이라고 할 수조차 없는 것이었다. 그래서 우리가 제일 먼저 해야 할 일은 그들의 정신을 뜯어고치는 것이었다. 당시 내가 생각하기에 정신을 뜯어고치는 데 좋은 것은 문예를 추진하는 일이었다. 그래서 문예운동을 제창하려고 했다. 그런데 도쿄의 유학생들은 대부분 법학이나 정치, 물리, 화학, 경찰, 공업을 공부할 뿐 문학이나 미술을 하는 사람은 없었다. 그러나 그렇게 냉담한 분위기 속에서도 다행히 몇 명의 동지[8]를 찾을 수 있었다. 이밖에도 꼭 필요한 몇 사람을 끌어모아 상의한 결과 그 시작으로 잡지를 내기로 했다. 제목은 '새로운 생명'의 뜻을 취했는데, 당시 우리에겐 복고풍이 대세였던지라 그냥 《신생新生》이라 하였다.

《신생》의 출판 기일이 다가왔지만, 맨 먼저 원고를 담당한 몇 사람이 자취를 감추었다. 이어서 자본을 댈 사람마저 도망가 버렸다. 결과적으로 남은 것은 땡전 한 푼 없는 세 사람뿐이었다. 시작할 때부터 이미 시류를 등진 것이었으니, 당연하게도 실패한들 할 말이 있을 리 없었다. 그 뒤 이 세 사람 역시 각자의 운명이 이끄는 대로 내몰려, 한자리에서 장래의 아름다운 꿈을 실컷 나눌 수 없게 되었다. 이것이 끝내 세상에 모습을 보이지 못한 우리의《신생》의 결말이다.

내가 이제껏 경험해 보지 못한 무료함을 느끼게 된 것은 그 이후의 일이다. 처음에는 그 까닭을 알지 못했다. 나중에 생각해 보니 무릇 한 사람의 주장이 찬동을 얻게 되면 전진을 하고 반대에 부딪히면 분발심이 일게 되는 것이다. 그런데 낯선 이들 속에서 홀로 외치는데도 아무 반응이 없으면, 곧 찬동도 없고 반대도 없으면 마치 끝없는 황량한 벌판에 홀로 내버려진 듯 어찌 해 볼 도리가 없게 된다. 이것은 얼마나 슬픈 일인가! 나는 내가 느꼈던 것을 적막이라 여겼다.

이 적막은 또 하루하루 자라나서 마치 커다란 독사와 같이 내 영혼을 휘감았다.

그러나 나 자신은 비록 끝없는 슬픔에 빠져 있

었지만, 오히려 분노하지 아니하였다. 그것은 이와 같은 경험이 나를 반성케 하고 나 자신을 바라보게 해주었기 때문이다. 나는 결코 한 손을 높이 쳐들기만 하면 호응하는 이들이 구름처럼 모여드는 그런 영웅은 아니었던 것이다.

다만 적막감은 내게 너무 고통스러웠기에 떨쳐버리지 않으면 안 되었다. 이에 나는 여러 가지 방법으로 나 자신의 영혼을 마취시켜, 국민 속에 빠져들게도 하고 고대로 돌아가게도 했다. 그 뒤로도 더욱 적막하고 슬픈 일들을 몸소 겪고 옆에서 지켜보기도 했는데, 그 모든 것이 돌이켜 보고 싶지 않은 것들이었다. 진정 그것들과 나의 뇌수를 진흙 속에 묻어버리고 싶었다. 하지만 오히려 나의 마취법이 효과를 발휘한 듯, 더 이상 젊은 시절의 비분강개하던 생각이 다시는 일지 않았다.

S회관9에는 세 칸짜리 방이 있었다. 전하는 말로는 예전에 마당에 있는 홰나무에 한 여자가 목

을 매달아 죽었다고 한다. 지금 그 홰나무는 사람이 올라갈 수 없을 만큼 높이 자랐지만 이 방에는 여전히 사람이 살지 않았다. 몇 년 동안 나는 그 방에서 옛날 비문을 베끼고 있었다.[10] 찾아오는 손님도 별로 없었고, 옛날 비문에서 무슨 문제나 주의[11]를 만날 일도 없었다. 나의 생명은 확실히 암암리에 소멸되어 가고 있었다. 이것 역시 나의 유일한 소망이기도 했다. 여름밤이면 모기가 극성이었다. 홰나무 아래 앉아 부들부채를 부치며 무성한 나뭇잎 사이로 언뜻언뜻 보이는 검푸른 하늘을 보고 있노라면 철 지난 홰나무 자벌레가 섬뜩하게 목덜미에 떨어지곤 했다.

그 무렵 가끔 찾아와서 이야기를 나누던 이는 오랜 친구 진신이金心異[12]였다. 그는 손에 든 커다란 가죽가방을 낡은 책상 위에 놓고 장삼을 벗은 뒤 마주 앉았다. 개를 무서워했기에 그때까지도 가슴이 두근거리는 모양이었다.

"자네 뭣 하러 이런 걸 베끼고 있나?"

어느 날 밤 그는 내가 베낀 옛날 비문들을 넘기면서 궁금한 듯 물었다.

"아무짝에도 쓸모없어."

"그럼 자네가 베끼는 건 무슨 의미가 있나?"

"아무런 의미도 없어."

"내 생각엔 자네가 글을 좀 써보는 건……"

나는 그의 말뜻을 모르는 게 아니었다. 그들은 한창 《신청년》이라는 잡지를 내고 있었다. 하지만 그 당시에는 특별히 찬동하는 이도, 그렇다고 반대하는 이도 없는 듯했다. 그들도 아마 적막감을 느끼고 있었으리라. 아무튼 나는 대답했다.

"가령 말이네. 쇠로 만든 방이 한 칸 있다고 치세, 여기엔 창문도 없고 절대 부술 수도 없어. 그 안에는 많은 사람들이 깊이 잠들어 있네. 그대로 두면 머지않아 숨이 막혀 죽을 거야. 하지만 깊이 잠들다 죽어갈 테니 무슨 죽음의 비애 같은 건 느끼지 못하겠지. 그런데 지금 자네가 큰소리를 질러 비교적 의식이 있는 몇 사람을 깨운다고 하세. 그러면 이 불행한 몇 사람은 가망 없는 임종의 고통을 느끼게 될 텐데, 그렇게 되면 자넨 그 사람들에게 미안하지 않겠나?”

“하지만 기왕에 몇 사람이라도 깨어나면 그 쇠로 만든 방을 깨부술 희망이 절대 없다고는 말할 수 없지 않은가?”

그렇다. 비록 내 나름의 확신이 있었지만, 희망을 말하는 데야, 오히려 그것을 말살할 수는 없는 노릇이었다. 그것은 희망이란 게 아직 오지 않은 미래에 있는 것이라서, 내가 절대 없을 거라 증명한들, 있을 수도 있다는 그의 생각을 설복시킬 수 없기 때문이었다. 그래서 결국 그에게 글을 쓰겠노라 대답했다. 그렇게 쓴 것이 바로 최초의 소설 〈광인일기〉다. 그 뒤로 이왕 내디딘 발걸음을 거둘 수 없어서 친구들의 부탁에 못 이겨 소설 비슷한 걸 몇 편 쓴 게 쌓여서 10여 편이 되었다.

나 자신은 본래 어떤 절박한 마음으로 부득이

하게 말을 해야만 하는 사람은 결코 아니라고 생각한다. 하지만 그 당시 나 자신의 적막한 비애를 아직도 잊을 수 없기에, 때로 어쩔 수 없이 몇 마디 고함을 내지르게 된 것인지도 모른다. 그렇게 적막 속에서 분투하는 용사를 위로해 거침없이 앞으로 내달리게 했다. 나의 함성이 용맹한 것인지 슬픈 것인지, 가증스러운 것인지 가소로운 것인지 돌아볼 겨를은 없다. 하지만 기왕에 외치는 것이니만큼 당연하게도 지휘관의 명령에 따라야 한다. 그래서 때로 곡필을 마다하지 않고 〈약〉의 주인공 위얼瑜兒의 무덤에 뜬금없이 꽃다발을 놓거나, 〈내일〉에서 산뽈 씨네 넷째 댁이 죽은 아들을 보는 꿈을 꾸지 못했다고 서술하지 않았던 것은 당시의 지휘관이 소극적인 것을 주장하지 않았기 때문이다. 나 자신으로서도 내가 겪었던 고통스러운 적막감을 내 청년 시절과 같이 아름다운 꿈을 꾸고 있는 젊은이들에게 다시 전염시키고 싶지 않았기 때문이다.

이렇게 말하고 보니, 나의 소설이 예술과 거리가 멀다는 사실을 미루어 알 수 있을 것이다. 그런데도 이제 소설이라는 명목을 뒤집어쓰고 있고, 심지어 소설집으로 묶어낼 기회까지 얻고 보니 어쨌든 요행이라 하지 않을 수 없다. 다만 요행이라는 게 좀 마음에 걸리긴 하지만, 이 세상에 잠시 동안이라도 읽어줄 사람이 있지 않을까 하는 허튼 생각이라도 해 본다면 그나마 기쁜 일이라 하겠다.

이에 내가 쓴 단편소설들을 모아 인쇄에 부치고, 또 앞서 말한 연유로 인해《외침》이라 부르기로 했다.

1922년 12월 3일 베이징에서 루쉰이 쓰다.

Q

아큐정전[13]

제1장

—

서

Q

내가 아큐에게 정전을 써주어야겠다고 마음먹은 건 이미 한두 해 일이 아니다. 하지만 막상 쓰려고 하면 머뭇거리게 되었다. 이것으로 내가 무슨 "후세에 남길 말을 할 만한"[14] 위인이 못 된다는 것을 알 수 있다. 왜냐하면 불후의 문장만이 불후의 인물을 전할 수 있을 따름이기에, 사람이 문장으로 전해지고, 문장은 사람으로 전해지는 법이다.

─결국 누가 누구에 의지해 전한다는 것인지가 점점 모호해지게 된다. 그럼에도 마침내 아큐

를 전해야겠다는 생각에 이르게 되는 내가 귀신에 홀린 듯한 느낌이 든다.

아무렇거나 금방 사라지게 될 이 한 편의 문장을 쓰려고 붓을 들자마자 여러 가지로 곤란한 일들이 닥쳐왔다. 첫 번째가 문장의 이름이다. 공자께서 말씀하셨다. "이름이 바르지 아니하면, 말이 제대로 순통하지 않게 된다名不正言不順."15 이것은 응당 주의해야 할 것이다. 전의 이름은 매우 번다하다. 열전列傳, 자전自傳, 내전內傳, 외전外傳, 별전別傳, 가전家傳, 소전小傳…… 그러나 애석하게도 모두 합당하지 않다. '열전'이라고 하면 이 글이 훌륭한 인물들과 함께 '정사正史'에 들 수 없다. '자전'이라고 하자니, 내가 아큐는 아니지 않은가? '외전'이라고 한다면, '내전'은 어디에 있는가? 설령 '내전'이라 하더라도 아큐는 또 절대 신선은 아닌 게다. '별전'이라면? 아큐는 아직 대총통이 국사관에 아큐를 위한 '본전'을 세우라는 유시가 아직 내린 적이 없다.—비록 영국의 정사에 '박도별전博徒別傳'이 없음에도 문호 디킨스가 《박도별전》[16]을 쓴 적이 있기는 하지만, 그건 문호이기 때문에 가능한 일이고, 나와 같은 무리는 오히려 불가한 것이다. 다음으로 '가전'으로 말하자면, 나는 아큐와 한 가문인지 알지 못할뿐더러 그의 자손에게 무슨 부탁을 받은 적도 없었다. 혹시 '소전' 정도라 하더라도 아큐에게 또 별도의 '대전'이 있을 리 없다. 한마디로 이 한 편의 글은 '본전'으로 볼 수도 있겠으나, 내 문장의 착상으로 볼 때 문체가 비루하여 '콩 국물 행상'[17]이나 쓰는 말이라 감히 참칭할*수 없다. 이에 삼교구류三敎九流에도 못 끼는 소설가 나부랭이의 이른바 "한담은 그만두고 정전으로 돌아가서"라는 상투적인 말에서 '정전'이라는 두 글자를 취해 이름으로 삼는다. 비록 옛사람이 편찬한 《서법정전書法正傳》[18]의 '정전'이

---

* 분수에 넘치는 칭호를 스스로 이르다.

라는 글자와 서로 혼란을 일으킬 우려가 있긴 해도 그건 어쩔 수 없는 일이다.

두 번째는 입전立傳의 통례이다. 첫머리는 대개 "아무개는 자字가 무엇이고, 어느 지역 사람이다"라고 해야 한다. 그런데 나는 아큐의 성이 무엇인지 모른다. 한번은 그의 성이 자오趙인 것 같았으나 다음 날 곧 모호해져 버렸다. 그것은 자오 나리의 아들이 수재에 급제했을 때였다. 징 소리가 둥둥 울리는 가운데 그 소식이 마을에 도착했을 때 아큐는 황주를 두어 잔 걸치고는, 손짓발짓을 하며 이것은 그에게도 큰 영광이라고 말했다. 왜냐하면 자기가 자오 나리와 원래 한 집안으로 세세하게 따지면 자기가 수재보다 세 항렬 높다는 것이었다. 그때 옆에서 듣고 있던 몇 사람은 숙연하게 존경심을 일으켰다. 하지만 어찌 알았겠는가. 그 다음 날 지보地保(지역의 치안을 담당하는 이)가 아큐를 불러 자오 나리 댁으로 갔다. 나리는 아큐를 보자 얼굴을 붉히며

소리쳤다.

"아큐, 이 빌어먹을 놈 같으니! 네놈이 나와 한 집안이라고 말했다고?"

아큐는 입을 열지 않았다.

자오 나리는 볼수록 화가 치밀어 올랐다. 몇 발짝 앞으로 다가서며 말했다.

"네놈이 감히 허튼소리를! 내가 어떻게 너하고 한집안일 수 있느냐? 네놈 성이 자오 가란 말이냐?"

아큐는 입을 열지 않고 뒤로 물러나려 했다. 자오 나리는 달려들어 따귀를 한 대 올려붙였다.

"네놈 성이 어째서 자오란 말이냐! 네놈 따위가 어디서 자오 성씨를 갖다 붙여!"

아큐는 자기가 확실히 자오 가라는 항변을 하지 않았다. 다만 손으로 왼쪽 뺨을 문지르며 지보와 같이 물러났다. 밖에 나오자 지보에게 한바탕 훈계를 듣고 사죄 조로 술값 2백 문을 바쳤다. 이 사실을 안 사람들은 모두 아큐가 너무 황

당한 말을 해서 스스로 얻어맞을 짓을 자초한 거라 말했다. 아큐는 아마도 성이 자오 가는 아닐 듯싶다. 설사 성이 자오 가라도 자오 나리가 여기 있는 한 그런 허튼소리를 지껄여서는 안 되는 것이었다. 그 뒤 아무도 그의 씨족에 대해 거론하는 사람이 없었으므로 나는 끝내 아큐의 성이 무엇인지 모르게 되었다.

세 번째로 나는 또 아큐의 이름을 어떻게 쓰는지 모른다. 그가 살아 있을 때 사람들은 그를 아Quei라 불렀지만, 죽은 뒤에는 아무도 아Quei를 입에 올리는 사람이 없었다. 그러니 어찌 "죽백竹帛에 적어" 역사에 이름을 남길 일이 있겠는가? 만약 "죽백에 적는다면", 이 글이 첫 번째가 될 터인즉, 우선적으로 바로 이 첫 번째 난관에 봉착하게 될 것이다. 나는 여러모로 생각해 보았다. 아Quei는 아구이阿桂일까 그렇지 않으면 아구이阿貴일까? 만약 그의 호가 웨팅月亭이거나 생일이 8월 중에 들었다면 아구이阿桂가 맞을 것이다. 하지만 그는 호가 없고—아마 호가 있는 데, 그걸 아는 사람이 없는지도 모른다—또 생일 초대장을 보내온 적도 없다. 그러니 아구이阿桂라 쓰는 건 독단적인 일이다. 또 만약 그에게 아푸阿富라는 이름을 가진 형이나 아우가 있다면 틀림없이 아구이阿貴가 맞을 것이다. 그러나 그는 혈혈단신이니 아귀阿貴라 쓸 만한 근거가 없다. 그 밖에 Quei라는 음을 가진 벽자*들은 더더욱 들어맞지 않는다. 예전에 나는 자오 나리의 아들인 수재 선생에게 물어본 적이 있었다. 누가 알았겠는가? 이렇게 박학하신 분께서도 별수 없었다. 다만 그의 결론에 의하면, 천두슈陳獨秀가 《신청년》 잡지를 창간하고 서양 문자를 제창했던 까닭에 나라의 정수가 쇠망해 조사할 수 없게 되었다는 것이다. 내가 할 수 있는 최후의 수단은 고향 친구에게 부탁해 아큐의 범죄 조서를

---

* 흔히 쓰지 아니하는 까다로운 글자.

조사해 달라는 게 고작이었다. 8개월 뒤에야 회신이 왔는데, 조서에는 아Quei와 비슷한 발음을 가진 사람이 전혀 없다는 것이었다. 비록 진짜 없는 건지 그렇지 않으면 조사를 해보지 않은 건지 알 수 없었지만, 달리 방도가 없었다. 아직 주음자모가 통용되지 않고 있었으므로, 단지 '서양 글자'를 이용해 영국에서 유행하는 표기법으로 그를 아Quei라 쓰고 줄여서 아큐라 부를 따름이다. 이렇게 하자니 《신청년》을 맹종하는 것 같아 나 자신도 매우 유감이지만, 수재 선생도 모르는 걸 나라고 무슨 뾰족한 수가 있겠는가.

네 번째는 아큐의 본관이다. 만약 그의 성이 자오趙 가라면, 군郡 내의 명망가를 자칭하는 상례에 따라 《군명백가성郡名百家姓》의 주해대로 '룽시 톈수이隴西天水' 사람이라 해야 할 것이다. 하지만 애석하게도 이 성은 그다지 믿을 만한 게 못 되기에 본관 역시 단정 짓기 어렵다. 그가 웨이좡未莊에 오래 살긴 했지만 늘 다른 곳에서 기거했으니, 웨이좡 사람이라고도 말할 수 없다. 설사 '웨이좡 사람'이라고 말하더라도 여전히 역사 기술법에 어긋난다.

그래도 나 스스로 위안이 되는 것은 '아阿'라는 글자만큼은 아주 정확하다는 점이다. 이것만은 억지로 갖다 붙이거나 빌려다 쓴 결점이 없어, 자못 사리에 통달한 사람 앞에서도 당당할 수 있다. 그 밖의 것들은 얕은 학문으로 천착해 낼 수 있는 바가 아니니 "역사벽과 고증벽"이 있는 후스胡適 선생의 문인들이 장차 새로운 단서들을 많이 찾아내 주기를 바랄 뿐이다. 하지만 그때는 이 《아큐정전》이 진즉에 없어져 버릴지도 모르겠다.

이상으로 서문을 대신한다.

제2장

—

승리의 기록

Q

아큐는 이름과 본관이 분명치 않을 뿐 아니라, 이전의 '행장行狀*'조차 분명치 않다. 웨이좡 사람들에게 아큐는 그저 일을 시키거나 놀려먹는 대상이었을 뿐이니 무슨 '행장' 따위에 유념할 일이 없었던 것이다. 그리고 아큐 역시 다른 말이 없었다. 단지 다른 사람과 말다툼할 때 간혹 눈을 부릅뜨며 이렇게 말했다.

"나도 왕년에는…… 너보다 훨씬 잘나갔어!

* 주로 행상(行商)에게 발급하던 거주지 관아의 여행 증명서. 여행자의 이력과 증명을 적어 넣었다.

네까짓 게 뭐라고?"

아큐는 집도 없이 웨이좡의 마을 사당[19]에서 살았다. 일정한 직업도 없어 사람들에게 날품을 팔았다. 보리를 베라면 보리를 베고, 방아를 찧으라면 방아를 찧고, 배를 저으라면 배를 저었다. 일이 조금 길어지면 임시로 주인의 집에서 묵을 때도 있었지만, 일이 끝나면 돌아갔다. 사람들은 바쁠 때는 아큐를 떠올렸지만 일을 시킬 때뿐이었으니 무슨 행장 같은 것 때문은 아니었다. 그러다 일이 없어 한가해지면 아큐는 망각의 대상이었기에 '행장' 같은 건 굳이 말할 게 없었던 것이다. 딱 한 번 어떤 노인네가 "아큐는 정말 일을 잘해!"라고 칭찬을 한 적이 있었다. 이때 아큐는 웃통을 벗은 채 깡마른 몰골로 멋쩍은 듯 그 앞에 서 있었다. 다른 사람들은 이 말이 진심인지 조롱하는 건지 미심쩍어했는데, 아큐는 그저 기뻐했다.

아큐는 또 자존심이 아주 강했다. 웨이좡의 주

민들 모두가 그의 눈에 차지 않았는데, 심지어 두 분의 '글방도련님文童'마저도 일소一笑의 가치조차 없다고 여길 정도였다. 대저 '글방도련님'이란 장래에 수재가 될지도 모를 분들로, 자오 나리와 첸錢 나리가 마을 사람들로부터 존경을 받는 이유 역시 돈이 있어서가 아니라 바로 이 '글방도련님'의 아버지이기 때문이었다. 그런데도 유독 아큐만은 마음속으로 그다지 떠받들고 싶어 하지 않았다. 그는 생각했다. 내 아들이라면 더 잘나갔을 거야! 게다가 성안에 몇 번 갔다 온 뒤로 아큐의 자부심은 더 커졌다. 하지만 그는 성안에 살고 있는 사람들조차도 하찮게 여겼다. 이를테면 석 자 길이에 세 치 두께의 판자로 만든 걸상을 웨이쫭에서는 '창덩長凳'이라 불렀고, 그 역시도 '창덩'이라 불렀다. 하지만 성안 사람들은 '탸오덩條凳'이라 불렀다. 그가 생각하기에 이것은 잘못된 것이고 가소로운 일이었다. 대구를 기름에 튀길 때도 웨이쫭 사람들은 반 치

정도의 파를 얹는데, 성안 사람들은 가늘게 채
썬 파를 얹었다. 그가 생각하기에 이것 역시 잘
못된 것이고, 가소로운 일이었다. 하지만 웨이좡
사람들이야말로 세상 구경하지 못한 가소로운
촌뜨기들이었다. 그들은 성안의 생선튀김도 본
적이 없지 않은가.

아큐는 "한때 잘나갔고", 식견도 높으며, 게다
가 "일도 잘했으니", 원래는 거의 "완벽한 인간"
이어야 했다. 하지만 애석하게도 그 역시 본질적
인 면에서 약간의 결점을 갖고 있었다. 가장 큰
근심거리는 그의 머리에 언제 생겼는지 모르는
부스럼 자국이 몇 군데 남아 있다는 것이었다.
이것은 비록 그의 몸에 있는 것이긴 해도 아큐가
생각하기에 별로 내세울 만한 게 못되었다. 그는
"부스럼癩"뿐 아니라 "부스" 비슷한 발음까지도
입에 올리는 것을 꺼려했다. 나중에는 여기서 한
걸음 더 나아가 "빛나다光"나, "환하다亮"와 같
은 글자도 꺼려하고, 다시 한 걸음 더 나아가 "등

불燈"이나 "촛불燭" 같은 말도 피했다. 누군가 그 금기를 범하는 이가 있으면 고의든 아니든, 부스럼 자국까지 시뻘개질 정도로 화를 냈다. 상대방을 살펴서 어눌한 자 같으면 욕을 퍼붓고, 힘이 약해 보이면 두들겨 패주었다. 하지만 어찌 된 셈인지 오히려 아큐가 당하는 경우가 많았다. 그래서 그는 점차 상대방을 노려보는 것으로 방침을 바꾸었다.

하지만 누가 알았겠는가. 아큐가 노려보는 것으로 주의를 바꾸자 웨이좡의 건달들은 그를 더 놀려댔다. 일단 만나기만 하면 그들은 짐짓 놀란 척하며 말했다.

"어이쿠 환하네."

그러면 아큐는 으레 화를 내며 노려보았다.

"아하, 원래 여기에 보안등이 있었구나."

그들은 결코 아큐를 두려워하지 않았다.

아큐는 하릴없이 달리 보복할 말을 생각하지 않으면 안 되었다.

"네깟 놈들이야……"

이때 그는 자기 머리 위에 있는 게 고상하고 영광스러운 부스럼 자국이지 평범한 부스럼 자국이 아닌 듯 굴었다. 하지만 앞서 말한 바와 같이 아큐는 식견이 있는 사람이었기에, 즉각 이게 "금기"와 약간 저촉된다는 사실을 깨닫고 다시 말을 이어가지 않았다.

건달들은 이에 그치지 않고 더 짓궂게 굴어 결국은 주먹다짐으로까지 나아갔다. 아큐는 형식적으로는 패해 누런 변발을 잡혀 벽에 머리를 몇 번 찧었다. 그러고 나서야 건달들은 만족한 듯 가버렸다. 아큐는 잠시 서서 마음속으로 생각했다.

'내가 자식 놈에게 맞은 걸로 치자. 요즘 세상은 정말 꼴 같지 않아서……'

그러고 나면 그 역시도 마음이 흡족해져 의기양양하게 발걸음을 옮겼다.

아큐는 마음속으로 생각한 것을 매번 나중에 가서 입에 올렸다. 그래서 아큐를 놀려먹던 이들은 거의 모두가 그에게 정신 승리법이 있다는 걸 알게 되었다. 그 뒤 그의 누런 변발을 잡아챌 때마다 사람들은 그에게 먼저 이렇게 말하는 것이었다.

"아큐, 이건 자식 놈이 아비를 때리는 게 아니라 사람이 짐승을 때리는 거야. 한번 말해 봐. 사람이 짐승을 때린다고!"

아큐는 두 손으로 변발 꼭지를 잡고 고개를 뒤틀며 말했다.

"버러지를 때리는 거야, 이제 됐어? 나는 버러지야—이래도 안 놔줄 거야?"

하지만 버러지라고 말해도 건달들은 놔주지 않고 늘 하던 대로 근방의 아무 데나 머리를 대여섯 번 찧고 나서야 만족한 듯 의기양양하게 가 버리는 것이었다. 그들은 이번에야말로 아큐가 혼이 났겠지 하고 생각했다. 하지만 10초도 못 가서 아큐 역시 득의해서 의기양양하게 돌아가는 것이었다. 그는 자기 자신이야말로 자신을 경멸할 수 있는 첫 번째 사람이라 생각했다. '자신을 경멸'하는 것을 치지도외하고 나면 남는 것은 '첫 번째' 뿐이었다. 장원이야말로 '첫 번째'가 아닌가? 그러니 '네까짓 것들이 다 무어냐?'

아큐는 여러 가지 묘한 수법으로 원수들을 물리친 뒤 유쾌한 마음으로 주점에 들어서 술을 몇 잔 들이켰다. 그러고는 사람들의 놀림감이 되어 입씨름하다 또 이기고 나면 유쾌하게 마을 사당으로 돌아가서 머리를 처박고 곯아떨어졌다.

돈이 생기면 곧바로 노름판으로 달려갔다. 사람들이 땅바닥에 쭈그리고 있는 가운데 아큐는 땀을 뻘뻘 흘리며 중간에 끼어들었다. 목소리는 그가 제일 컸다.

"청룡靑龍에 4백!"

"자—엽—니다."

딜러가 상자 뚜껑을 열면서 그 역시도 만면에 땀을 뻘뻘 흘리며 노래 부르듯 외쳤다.

"천문天門이로다—각角은 비겼고, 인人과 천당

穿堂은 건 사람이 없고—아큐 돈은 내가 먹었네.”

아큐의 돈은 이런 노랫가락 속에서 점점 만면에 땀을 흘리고 있는 다른 사람들 허리춤으로 사라져갔다. 그는 결국 사람들에게서 밀려나 뒤에 서서는 다른 사람 대신 마음을 졸이다가 판이 끝나면 아쉬운 듯 사당으로 돌아갔다. 그다음 날에는 눈이 퉁퉁 부어 일을 나갔다.

하지만 이른바 “인간지사 새옹지마”다. 아큐는 불행히도 한판 대박을 터뜨리고는 도리어 낭패를 보고 말았다.

그것은 웨이좡 마을 제삿날 저녁이었다. 이날 밤도 늘 그렇듯 무대가 설치되었고 그 주변에는 역시 늘 그렇듯 도박판이 여러 곳 섰다. 제사 드리는 징과 북소리는 아큐의 귀에는 10리 밖에서 울리는 듯했고, 단지 딜러의 노랫소리만 들릴 뿐이었다. 그는 따고 또 땄다. 동전이 은전이 되고, 작은 은전은 큰 은전이 되어 수북이 더미를 이루었다. 그는 신바람이 났다.

"천문에 두 냥!"

누가 누구와 무엇 때문에 싸웠는지 알 수 없었다. 욕지거리와 함께 때리는 소리, 발자국 소리, 정신을 차릴 수 없는 큰 혼란 속에서 겨우 기어나왔다. 도박판은 보이지 않았고, 사람들도 보이지 않았다. 몸에는 몇 군데 통증이 있는 듯했다. 몇 차례 주먹질과 발길질을 당한 것 같았다. 몇 사람이 그를 의아한 듯 쳐다보았다. 그는 넋 나간 듯 사당으로 돌아왔다. 정신이 조금 들자 은화 무더기가 보이지 않는다는 사실을 깨달았다. 노름꾼들은 대부분 이 마을 사람들이 아니었다. 어디 가서 그걸 찾는단 말인가?

하얗게 반짝이는 은화 더미! 모두 그의 것이었는데―지금은 보이지 않는다. 자식 놈이 가져간 셈 치더라도 내내 마음이 편치 않았다. 나 자신이 버러지라고 말해봐도 역시 마음이 편치 않았다. 그는 이번에야말로 실패의 고통을 맛보았다.

하지만 그는 즉시 실패를 승리로 전환시켰다.

그는 오른손을 들어 뺨을 두 차례 때렸다. 얼얼
한 통증이 왔다. 때리고 나니 마음이 편안해졌
다. 때린 것은 자기이고, 맞은 것은 또 다른 자기
인 듯 느껴졌다. 잠시 후 그는 마치 자기가 남을
때린 듯—비록 아직도 얼얼하긴 했지만—흡족
해져 의기양양해 하며 드러누웠다.

그는 잠이 들었다.

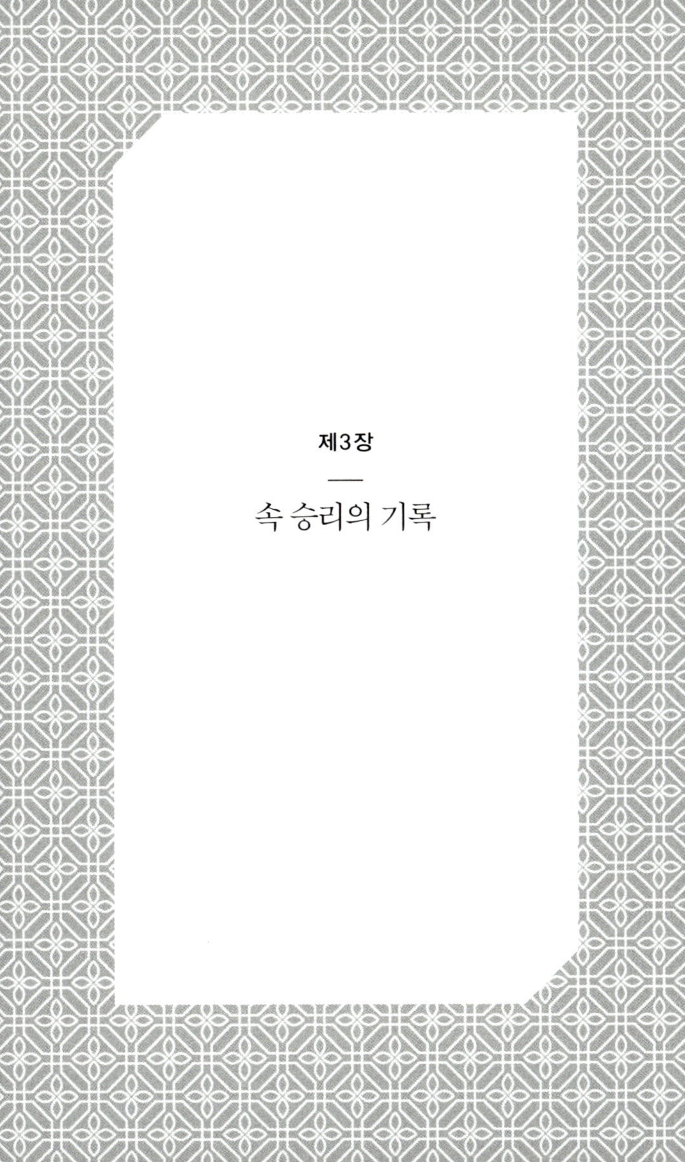

제3장

—

속 승리의 기록

Q

아큐가 항상 승리를 구가하긴 했지만, 그가 명성을 얻은 것은 자오 나리에게 따귀를 맞고 난 뒤였다.

그는 지보에게 2백 문의 술값을 치르고 화가 나서 드러누웠다. 그리고는 이런 생각을 했다.

"요즘 세상은 너무 말이 아니야. 자식 놈이 지 아비를 때리지 않나……"

문득 자오 나리의 위세가 떠올랐다. 하지만 이제는 그의 자식인 것이다. 그러자 점점 의기양양해져서는 몸을 일으켜 〈청상과부 성묘 가네〉[20]

라는 노래를 흥얼거리며 주점으로 갔다. 이때 그는 자오 나리가 한층 고매한 사람처럼 느껴졌다.

과연 희한하게도 그 뒤로 사람들은 그를 깍듯이 존경하는 듯했다. 아큐로서는 자신이 자오 나리의 아비라 그런 것이라 여겼지만 실제로는 그렇지 않았다. 웨이좡의 통례로는 아무개가 아무개를 때리고, 장삼이사끼리 때리는 일쯤은 본래 사건 축에도 끼지 못했다. 반드시 자오 나리와 같은 명사와 상관이 있어야 그들의 입에 오르내리게 된다. 한번 입에 오르내리게 되면 때린 사람이야 원래부터 유명하니 그렇다 치고 맞은 사람 역시 그 덕에 명성을 얻게 되는 것이다. 잘못이 아큐에게 있는 것이야 당연히 말할 필요도 없다. 왜냐고? 자오 나리가 잘못을 저지를 리 없기 때문이다. 하지만 아큐가 잘못을 저질렀는데 왜 사람들이 그를 깍듯이 존경하는 것일까? 이거야말로 난해한 일이었다. 그런데 곰곰이 생각해 보면 아큐가 자오 나리와 한집안이라 말했으니, 그로 인해 얻어맞았더라도, 어쩌면 어느 정도 진실일지도 모르기에 그를 존경하는 게 낫지 않겠나. 그렇지 않으면 공자의 사당에 바친 소는 돼지나 양과 똑같이 축생에 지나지 않을지라도 성인이 젓가락질을 한 것이니 선유들도 함부로 하지 못하는 것이다.

그 뒤로 몇 년간 아큐는 의기양양했다.

어느 해 봄, 그는 얼큰하게 취해 길을 걷고 있었다. 양지바른 담 밑에서 왕 털보가 웃통을 벗고 이를 잡고 있었다. 그걸 보니 갑자기 아큐도 몸이 근질거렸다. 이 왕 털보는 부스럼 자국에 수염이 덥수룩해 사람들이 왕부스럼털보라 불렀는데, 아큐만은 부스럼을 빼고 불렀다. 그러면서 그를 몹시 경멸했다. 아큐의 생각에는 부스럼은 희한하달 게 없지만 볼을 뒤덮은 수염만큼은 아주 희한한 것이 꼴불견이었다. 아큐는 그와 나란히 앉았다. 만약 다른 건달이었다면 아큐는 감히 가까이 앉지 못했을 것이다. 하지만 왕 털보

옆이라면 뭐가 두려우랴? 솔직히 말해서 그가
옆에 앉아준 것만으로도 그의 체면을 세워주는
셈이었다.

아큐도 누더기가 된 저고리를 벗어 까뒤집고
이를 찾았다. 하지만 새로 빨아서인지 아니면 조
바심을 내서 그런지 한참 만에야 서너 마리를 잡
았다. 왕 털보를 보니 한 마리, 또 한 마리, 두 마
리, 또 세 마리를 연신 입에 넣고 톡톡 깨물었다.

아큐는 처음에는 실망했지만 나중에는 약이
올랐다. 꼴불견인 왕 털보는 저리도 많은데 자기
는 오히려 이렇게 적으니 이거야말로 체통을 잃
는 일이었다. 그는 한두 마리 큰 놈을 찾아보려
했지만 끝내 찾을 수 없었다. 겨우 중간쯤 되는
놈을 한 마리 잡아 두툼한 입술에 넣고 힘껏 깨
물었다. 톡 하는 소리가 나긴 했지만, 왕 털보의
소리에는 미치지 못했다.

그의 부스럼 자국이 벌겋게 달아올랐다. 옷을
땅바닥에 패대기치고는 침을 튀기며 말했다.

“이 털북숭이야!”

“이 부스럼쟁이 개자식, 네놈이 누구를 욕해?”

왕 털보는 경멸하듯 눈을 치뜨며 말했다.

아큐는 근래 사람들로부터 존경을 받았고, 그 자신도 전보다 오만하게 굴었지만, 싸움에 이골이 난 건달과 만나면 겁이 났다. 그런데 이번에는 무척 용기가 났다. 이따위 털북숭이가 감히 지껄여대는 꼴을 보아 넘길 수 없었다.

“누가 누굴 욕하는지 몰라서 그래!”

그가 일어나서 양손을 허리춤에 올리고 말했다.

“네놈 뼈다귀가 근지러운 모양이구나?”

왕 털보도 일어나 옷을 걸치며 말했다.

아큐는 달아나려는 줄 알고 달려들어 주먹을 한 방 날렸다. 하지만 그 주먹은 그의 몸에 닿기 전에 그에게 잡혔다. 그리고 잡아채자 아큐는 비틀거렸다. 그리고는 왕 털보에게 변발을 잡히고 담장으로 끌려가서 으레 하던 대로 머리를 찢었다.

"'군자는 말로 하지 손찌검은 하지 않는 법'이
다."

아큐는 고개를 가로 꼬며 말했다.

왕 털보는 군자가 아니라 아랑곳하지 않고 연
이어 다섯 차례나 찢었다. 그러고 나서 힘껏 밀
치자 아큐는 여섯 자나 나가떨어졌다. 그제야 왕
털보는 만족해 돌아갔다.

아큐가 기억하기로는 이것이 그의 생애에 첫
번째 겪는 굴욕이라 할 만했다. 왜냐하면 왕 털
보는 털북숭이라는 결점 때문에 이제껏 자기에
게 놀림을 받으면 받았지 자기를 놀린 적이 없었
기 때문이다. 하물며 손찌검은 두말할 필요도 없
었다. 그런데 지금 손찌검을 당한 것은 아주 뜻
밖의 일이었다. 설마 저잣거리에 도는 소문대로
황제가 이미 과거 시험을 폐지해[21] 수재도 거인
도 없어지고 자오 댁 집안도 위풍을 잃어 저들이
아큐를 깔보게 된 것일까?

아큐는 우두커니 서 있었다.

멀리서 한 사람이 걸어왔다. 그의 상대가 또 나타난 것이다. 그는 아큐가 제일 혐오하는 인물로 첸錢 나리의 큰아들이었다. 그는 앞서 성안의 서양 학교에 들어가더니 무슨 까닭인지 다시 일본에 갔다. 반년 뒤 집에 돌아와서는 다리도 곧아지고 변발도 하지 않았다. 그의 어머니는 십여 차례나 대성통곡을 했고, 그의 아내는 세 번이나 우물에 뛰어들었다. 나중에 그의 어머니는 어디를 가나 이렇게 말했다.

"변발은 술 취했을 때 나쁜 사람에게 잘린 거라오. 원래 번듯한 관리가 될 수 있었는데, 이제는 머리가 자랄 때까지 기다릴 밖에요."

하지만 아큐는 그 말을 믿으려 하지 않았다. 그래서 한사코 그를 "가짜 양놈"이나 "외국 놈 앞잡이"라 불렀다. 그를 보면 마음속으로 암암리에 저주하고 욕을 해댔다.

아큐가 특히 "깊이 혐오하고 통절해 마지않

는” 것은 그의 가짜 변발이었다. 변발이 가짜라면 사람 노릇 할 자격도 없는 것이다. 그의 아내가 네 번째로 우물에 뛰어들지 않는 것도 제대로 된 여자가 아니라는 걸 말해준다.

그 “가짜 양놈”이 다가왔다.

“까까머리, 당나귀……”

아큐는 그때까지 마음속으로만 욕을 할 뿐 입 밖으로 내지 않았다. 이번에는 막 화가 나서 분풀이를 하고 싶었던 터라, 자기도 모르게 입 밖으로 내뱉었던 것이다.

뜻밖에도 그 까까머리가 니스 칠을 한 지팡이—아큐가 상주 지팡이라 불렀던—를 들고 성큼성큼 걸어왔다. 아큐는 그 찰나에 얻어맞을 것을 알고 몸을 움츠리고 어깨를 곧추세운 뒤 기다렸다. 과연 딱 하는 소리가 났는데, 자기 머리에 뭔가 부딪힌 듯했다.

“저놈한테 한 소리예요!”

아큐는 옆에 있는 아이를 가리키며 발명*을

했다.

딱! 딱딱!

아큐의 기억에 이것은 그의 생애에서 두 번째로 겪는 굴욕이라 할 만했다. 다행히도 딱딱 소리가 난 뒤 일단락된 듯했다. 오히려 마음이 한결 가벼워졌다. 아울러 "망각"이라는 조상 대대로 내려오는 보물이 효력을 나타내기 시작했다. 그가 천천히 걸어 주점 입구에 도달할 즈음에는 이미 기분이 상당히 좋아져 있었다.

그런데 맞은편으로 정수암靜修庵의 젊은 비구니가 걸어오고 있었다. 아큐는 평소에 그녀를 볼 때마다 침을 뱉고 욕을 퍼부어주고 싶었다. 하물며 자신이 굴욕을 당한 뒤가 아니던가? 갑자기 그 기억이 되살아나며 적개심이 일었다.

그는 생각했다.

"내가 오늘 어째서 재수가 없나 했더니 바로

---

* 죄나 잘못이 없음을 말하여 밝힘. 또는 그런 말.

너를 만나려고 그랬던 거로구나!"

그러고는 앞으로 다가서 큰소리치며 침을 뱉었다.

"칵, 퉤!"

젊은 비구니는 거들떠보지도 않고 고개를 숙인 채 걸어갔다. 아큐는 그녀 옆으로 다가가서 갑자기 손을 내밀어 그녀의 새로 깎은 머리통을 쓰다듬고는 실실 웃으며 말했다.

"까까머리! 얼른 돌아가, 중놈이 널 기다리고 있어……"

"왜 나한테 집적거리는 거야……"

비구니는 얼굴이 온통 새빨개지며 말하고는 잽싸게 걸어갔다.

주점 안에 있던 사람들이 큰소리로 웃어댔다. 아큐는 자기의 공훈이 사람들의 인정을 받고 있는 것을 알고 한층 더 신바람이 났다.

"중놈은 되고, 나는 안 된단 말이냐?"

그는 그녀의 뺨을 꼬집었다.

주점의 사람들이 크게 웃었다. 아큐는 더욱 의기양양해졌다. 그리고는 구경꾼들이 만족할 수 있게 다시 한번 힘을 주어 꼬집고는 풀어주었다.

이 일전으로 왕 털보의 일을 진즉 잊어버렸다. 가짜 양놈의 일도 잊어버렸다. 오늘의 모든 "불운"을 다 앙갚음한 듯했다. 아울러 신기하게도 온몸이 딱딱 소리가 난 뒤보다 더 가벼워지고 훨훨 날아갈 듯했다.

"이 씨도 못 받을 아큐 놈아!"

멀리서 젊은 비구니의 울음 섞인 목소리가 들렸다.

"하하하!"

아큐는 득의에 찬 웃음을 터뜨렸다.

"하하하!"

주점의 사람들도 마찬가지로 웃음을 터뜨렸다.

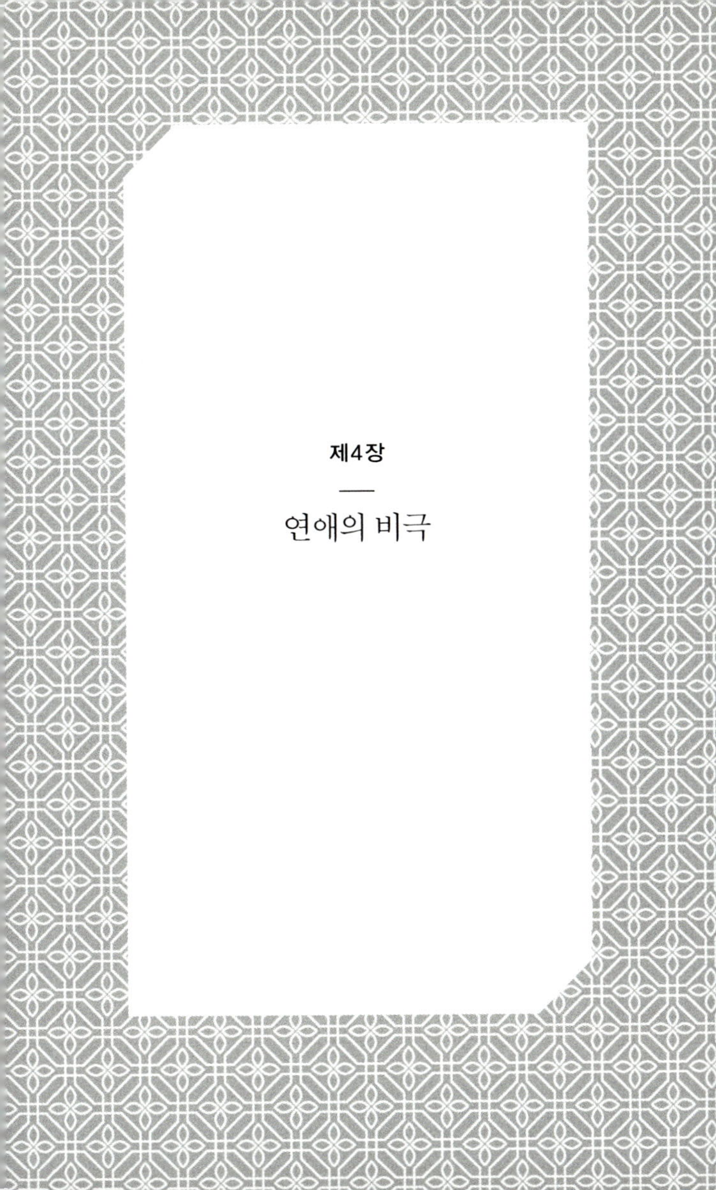

제4장

———

연애의 비극

Q

사람들은 말한다. 어떤 승리자는 적수가 호랑이나 매 같아야 비로소 승리의 기쁨을 느낀다. 만약 양이나 병아리 같으면 오히려 승리하더라도 무료감을 느낄 따름이다. 또 어떤 승리자는 모든 것을 정복한 뒤 죽을 자는 죽고, 항복할 자는 항복하여, "신은 황공하옵게도 죽을죄를 지었나이다"라는 말을 듣게 되면, 이미 그에게는 적도 없고 맞수도 없고 벗도 없이 오로지 자기 한 몸 고독하고 쓸쓸하며 적막하게 남게 되어 오히려 승리의 비애를 느낄 따름이다. 하지만 우리의 아큐는 그렇게 빈약한 인물이 아니었다. 그는 영원히 득의 양양했다. 이건 어쩌면 중국의 정신문명이 전 세계의 으뜸이라는 하나의 증거인지도 모른다.

보라. 그는 훨훨 날아갈 듯하지 않은가!

그런데 이번 승리는 아무래도 조금 이상했다. 그는 반나절 동안 훨훨 날아다니다가 마을 사당까지 날아들었다. 평소대로라면 응당 자빠져서 코를 골아야 했다. 뉘 알았으랴. 이날 밤 그는 쉽사리 눈을 붙이지 못했다. 그는 자신의 엄지와 검지가 약간 이상한 것이 평소에 비해 매끈거리는 듯했다. 젊은 비구니의 얼굴에 뭔가 매끄러운 게 있어 그의 손가락에 묻은 것인지도 모른다. 그렇지 않으면 손가락이 매끈거리도록 비구니의 얼굴을 쓰다듬었던 탓일까.

"씨도 못 받을 아큐!"

아큐의 귀에 이 말이 맴돌았다. 그는 생각했다. 맞는 말이다. 마땅히 여자가 있어야 한다. 자손이 끊어지면 밥 한 그릇 공양해 줄 사람도 없을 것이다. ……여자가 있어야 한다. 대저 "불효에는 삼무三無가 있으니, 그 가운데 후사가 없는 게 가장 큰 불효다", "뤄아오若敖의 귀신이 굶어 죽는"[22] 것 역시 인생의 큰 비애가 된다. 그러니 그의 생각들은 사실 모두가 성현의 경전에 합치되는 것인데, 다만 애석하기로는 나중에 "그 뒤숭숭함을 수습하기 어렵다"[23]는 것이다.

'여자, 여자……'

그는 생각했다.

'……중놈은 할 수 있는데…… 여자, 여자! ……여자!'

그는 또 생각했다.

우리는 그날 밤 아큐가 언제 코를 골기 시작했는지 알지 못한다. 다만 이때부터 손가락이 매끈거리는 것을 느꼈고, 이때부터 몸이 하늘하늘해졌다.

'여자……'

그는 생각했다.

이것만 보더라도 우리는 여자라는 게 해로운 존재라는 사실을 알 수 있다.

중국의 남자 대부분은 본래 성현이 될 수 있는데, 애석하게도 여자 때문에 망가지고 만 것이다. 상나라는 다지妲己 때문에 망했고, 주나라는 바오쓰褒姒 때문에 망했다. 진나라도…… 비록 역사에 기록은 없지만 여자 때문이라고 가정해도 크게 틀린 말은 아닐 것이다. 둥줘董卓이 댜오찬貂蟬에게 죽임을 당한 것 역시 분명한 사실이다.

아큐는 원래 바른 사람이었다. 어떤 고명한 스승의 지도를 받았는지 모르지만, '남녀유별'에 대해서는 언제나 매우 엄격했고, 이단—이를테면 비구니나 가짜 양놈 같은 부류—에 대한 정의감도 상당했다. 그의 학설인즉, 무릇 비구니는 반드시 중과 사통하고, 여자가 혼자서 바깥을 돌아다니는 건 남자를 유혹하려는 수작이며, 남녀가 한자리에서 이야기를 나누는 것은 반드시 무슨 꿍꿍이가 있는 것이다. 아큐는 그들을 징치하기 위해 때로는 노려보기도 하고, 혹은 큰소리로 '질타'하기도 했으며, 혹은 으슥한 곳에서 그들 등 뒤로 작은 돌을 던지기도 했다.

그런데 누가 알았겠는가? '서른'이 되던 해에, 필경은 젊은 비구니로 인해 하늘하늘해지는 해코지를 당할 줄이야. 이렇게 하늘하늘한 정신 상태는 예교상 있어서는 안 되는 것이었다.─그래서 여인은 진정 가증스러운 존재인 것이다. 만약 젊은 비구니의 얼굴이 매끈거리지 않았다면 미혹되지 않았을 것이고, 또 얼굴에 천이라도 한 장 덮여 있었더라도 아큐는 미혹되지 않았을 것이다.─대여섯 해 전에 그는 연극을 구경하는 사람들 틈 속에서 한 여인의 허벅지를 꼬집은 적이 있었다. 하지만 그때는 바지가 한 층을 가려주어 마음이 하늘하늘해지지 않았다.─그러나 젊은 비구니는 그렇지 않았다. 이것으로도 이단의 가증스러움을 알 수 있는 것이다.

'여자……'

아큐는 생각했다.

그는 '남자를 유혹하려' 든다고 생각했던 여자들을 늘 주의 깊게 지켜보았다. 하지만 그들이 아큐에게 웃음 짓는 일은 없었다. 자신과 이야기를 나누는 여자들에 대해서도 늘 주의 깊게 지켜보았지만 그들이 무슨 꿍꿍이속이 있는 말을 한 적은 없었다. 아, 이것 역시 여자들의 가증스러운 한 대목이로다. 저들은 모두 '거짓 얌전'을 떨고 있는 것이다.

그날 아큐는 자오 나리 댁에서 하루 종일 쌀을 찧었다. 저녁을 먹고는 부엌에서 담배를 피웠다. 만약 다른 집이었다면 저녁을 먹고 나면 돌아갈 수 있었지만 자오 나리 댁의 저녁은 일렀다. 상례대로라면 밥을 먹고 나서는 곧바로 잠자리에 들었다. 하지만 여기에도 몇 가지 예외가 있었다. 하나는 자오 나리가 아직 수재가 되기 전인데, 그가 글공부하느라 등을 켜게 한 것이었다. 다른 하나는 아큐가 품을 팔 때인데, 등불을 켜

고 쌀을 찧게 한 것이었다. 이 예외 조항 때문에
아큐는 쌀을 찧기 전에 부엌에 앉아 담배를 피웠
던 것이다.

자오 나리 댁의 유일한 하녀인 우嗚 씨 어멈이
설거지를 끝내고 걸상에 앉아 아큐와 한담을 나
누었다.

"마님께서 이틀간 밥을 못 드셨어. 나리께서
젊은 것을 하나 사서……"

'여자…… 우 씨 어멈…… 청상과부……'

아큐는 생각했다.

"우리 작은 마님은 8월에 애를 낳으신대……"

'여자……'

아큐는 생각했다. 아큐는 담뱃대를 놓고 일어
섰다.

"우리 작은 마님은……"

우 씨 어멈의 말은 여전히 이어졌다.

"너 나랑 자자, 나하고 자!"

아큐는 갑자기 달려들어 그녀 앞에 무릎을 꿇

었다.

일순 정적이 흘렀다.

"어이구!"

우 씨 어멈은 잠시 숨이 멎은 듯 있다가 갑자기 벌벌 떨며 큰소리를 외치며 밖으로 뛰쳐나갔다. 뛰쳐나가는 한편으로 소리를 질러댔는데, 울음소리가 섞여 있는 듯했다.

아큐는 벽을 향해 꿇어앉은 채 멍하니 있다가 양손으로 비어 있는 걸상을 짚고 천천히 일어났다. 뭔가 잘못된 것 같은 느낌이 들었다. 그러자 알 수 없는 불안감이 엄습했다. 황망히 담뱃대를 허리춤에 꽂고 쌀을 찧으려 했다. 머리에 뭔가 둔중한 것이 떨어지며 딱 소리가 났다. 급히 몸을 돌리니 수재가 커다란 대나무 몽둥이를 들고 앞에 서 있었다.

"네 이 놈…… 간땡이가 부었구나……"

대나무 몽둥이가 다시 머리를 향해 내리쳤다. 아큐는 양손으로 머리를 감쌌다. 딱하고 손가락에 정통으로 맞았다. 이번에는 정말 아팠다. 그는 부엌문을 튀어나왔다. 등짝에 또 한 대 맞은 것 같았다.

"우라질 놈!"

수재가 뒤에서 표준어로 욕을 퍼부었다.

아큐는 방앗간으로 뛰어 들어가 서 있었다. 아직도 손가락이 아팠다. "우라질 놈"이라는 말이 아직도 귀에 맴돌았다. 이것은 웨이좡 같은 시골 사람들은 쓰지 않는 말로, 관청의 높은 분들이 하는 걸 보았을 따름이었다. 그래서 특별히 두려웠고, 인상도 각별히 깊었다. 이참에 '여자……'라는 생각도 사라져버렸다. 게다가 맞고 나니 이 일이 이미 매듭지어진 듯해 오히려 마음에 걸리는 게 없는 듯해 곧바로 손을 놀려 쌀을 찧었다. 한참을 찧고 있는데 더워져서 웃통을 벗었다.

웃통을 벗고 있는데, 바깥에서 왁자지껄한 소리가 들렸다. 아큐는 살아오면서 왁자지껄 떠들어대는 걸 제일 좋아해서 곧바로 소리가 들리는 곳으로 뛰쳐나갔다. 소리를 따라가니 자오 나리 댁 안마당까지 와버렸다. 해가 뉘엿했지만, 많은 사람들을 분간할 수 있었다. 자오 나리 집안 식구들 가운데 이틀이나 굶은 마님도 있었고, 이웃지 쩌우鄒 씨네 일곱째 아주머니도 있고, 진짜 자오 씨 집안의 자오바이옌趙白眼과 자오쓰천趙司晨도 있었다.

그때 마침 작은 마님이 우 씨 어멈을 끌고 방에서 나오며 말했다.

"자네, 밖으로 나오게. ……방에만 숨어 있지 말고……"

"자네가 행실이 바르다는 걸 누가 모르겠나. ……절대 공연한 생각을 말고."

쩌우 씨네 일곱째 아주머니도 옆에서 거들었다.

우 씨 어멈은 울면서 몇 마디 지껄였는데, 분명하게 들리지 않았다.

아큐는 생각했다.

'흥, 재미있군. 이 청상과부가 뭐라 지껄여대는 거야?' 그는 듣고 싶어서 자오쓰천 옆으로 다가갔다. 이때 그는 갑자기 자오 나리가 그에게 달려오는 것을 보았다. 그의 손에는 커다란 대나무 몽둥이가 들려 있었다. 그는 대나무 몽둥이를 보자 문득 자기가 맞은 게 이 한 바탕의 소동과 상관이 있다는 걸 깨달았다. 그는 몸을 돌려 달아났다. 방앗간으로 가려 했지만, 생각지도 못하게 대나무 몽둥이가 그의 길을 가로막았다. 그래서 다시 몸을 돌려 달아나다 보니 뒷문으로 내달렸다. 얼마 안 있어 그는 이미 마을 사당에 있었다.

아큐가 잠시 앉아 있으려니 소름이 돋고 한기를 느꼈다. 봄이라고는 하지만 밤에는 한기가 여전히 남아 있어 웃통을 벗고 있기엔 마땅치 않았다. 윗도리를 자오 씨 댁에 두고 왔다는 게 기억났지만 가지러 가자니 수재의 대나무 몽둥이가 무서웠다. 그러고 있는데 지보가 왔다.

"아큐, 너 이 개자식! 네 놈이 자오 씨 댁 하녀

를 희롱했다구. 그야말로 배신을 때리는구먼. 나까지 이 밤중에 잠도 못 자게 하고. 이 개놈의 자식!……”

그러고는 이러쿵저러쿵 한바탕 설교를 해댔다. 아큐는 물론 할 말이 없었다. 결국 한밤중이라는 이유로 벌금을 배로 매겨 4백 문의 술값을 지보에게 주어야 했다. 아큐는 현금이 없었으므로, 털모자를 저당 잡히고 여기에 다섯 가지 조항의 서약까지 했다.

1. 내일 홍촉―무게 한 근짜리―두 개와 향 한 봉지를 가지고 자오 씨 댁에 가서 사죄할 것.
2. 자오 씨 댁에서 도사를 청해다가 목매달아 죽은 귀신 액막이 굿을 하는데, 비용은 아큐가 댄다.
3. 아큐는 이후로 자오 씨 댁 출입을 금한다.
4. 이후로 우 씨 어멈에게 무슨 일이라도 생기

면 모두 아큐에게 책임을 물을 것임.

5. 아큐는 품삯과 윗도리를 달라는 말을 하지
   말 것.

아큐는 모든 것을 승낙했지만, 애석하게도 돈
이 없었다. 다행히도 이미 봄이라 솜이불은 없어
도 되는지라 이걸 2천 문에 저당 잡혀 서약을 이
행했다. 벌거벗은 몸으로 머리를 조아려 사죄한
뒤에도 여전히 몇 푼인가 돈이 남았다. 그는 털
모자를 찾지 않고 몽땅 술을 마셔버렸다. 그런데
자오 씨 댁에서는 향과 홍촉을 쓰지 않고 마님이
불공드릴 때 쓰려고 남겨두었다. 누더기 윗도리
는 대부분 작은 마님이 8월에 낳게 될 아기의 기
저귀가 되었고, 나머지 조각은 우 씨 어멈의 신
발 깔창이 되었다.

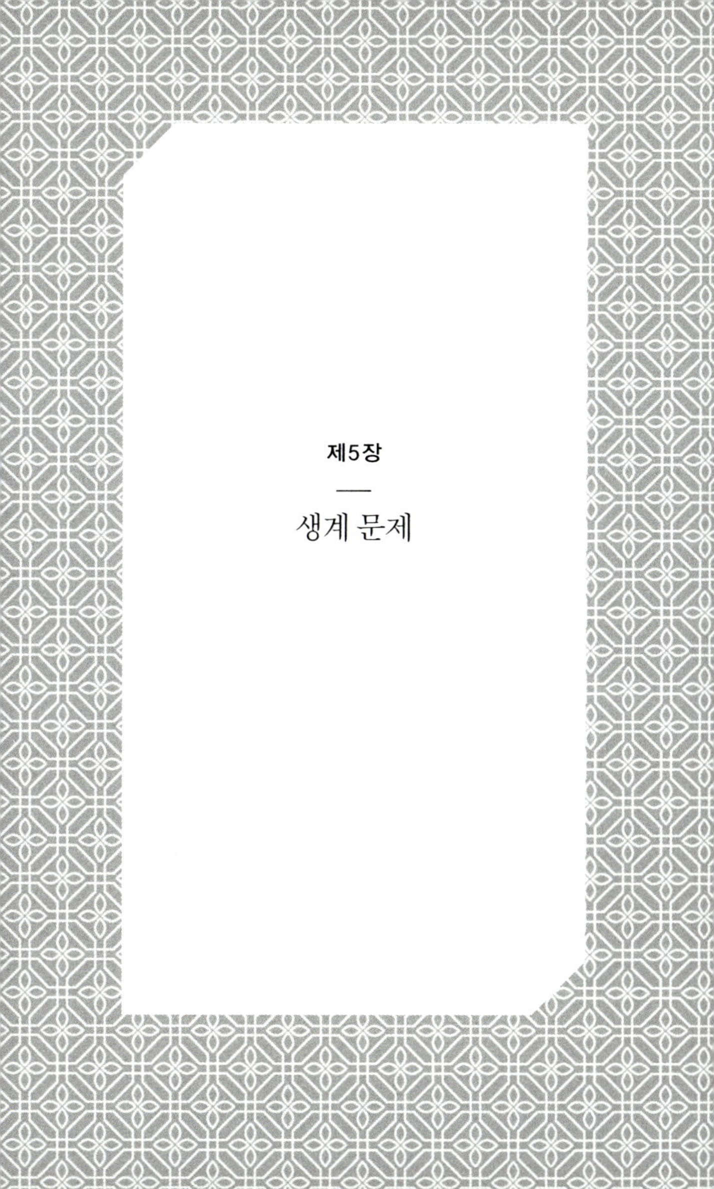

제5장

—

생계 문제

Q

사죄식을 끝내고 아큐는 여느 때처럼 사당으로 돌아갔다. 해가 지자 점점 세상이 요상하게 돌아간다는 느낌이 들었다. 곰곰이 생각해 보니 그 원인은 자기가 웃통을 벗고 있었기 때문이라는 사실을 깨달았다. 그는 누더기 겹옷이 하나 더 있다는 게 생각나서 그걸 몸에 걸치고 드러누웠다. 다시 눈을 떴을 때는 해가 이미 서쪽 담장 위를 비추고 있었다. 그는 일어나 앉으면서 말했다.

"빌어먹을……"

일어난 뒤 평소처럼 거리를 쏘다녔다. 웃통을

벗고 있을 때처럼 살을 에는 추위는 없었지만, 점점 세상이 요상하게 돌아가고 있다는 느낌이 들었다. 그날 이후로 웨이좡의 여인들은 모두 부끄러움을 타는 듯 아큐가 걸어오는 걸 보기만 하면 모두 대문 안으로 몸을 숨겼다. 심지어 쉰이 가까워가는 쩌우 씨네 일곱째 아주머니조차도 다른 사람들처럼 호들갑을 떨었다. 게다가 11살 먹은 계집애까지 불러들였다. 아큐는 퍽이나 기괴하다는 생각이 들었다.

'이것들이 갑자기 아씨 흉내를 내고 있어. 창녀 같은 년들이……'

하지만 그가 세상이 더 요상하다고 느낀 것은 오히려 여러 날 지난 뒤의 일이었다. 첫째는 주점에서 외상을 주지 않는 거였다. 둘째, 마을 사당을 관리하는 늙은이가 궁시렁대는데, 마치 그를 내쫓으려는 듯했다. 셋째, 며칠째 되는지 기억이 분명치는 않지만 하여튼 꽤 여러 날 그를 불러다 품을 팔게 하는 사람이 없었다. 주점에서 외상을 주지 않는 것이야 그런대로 견뎌내면 그만이었다. 늙은이가 그를 내쫓으려 하는 거야 너는 짖어라 하면 그만이었다. 하지만 그에게 일을 주는 사람이 없다는 것은 아큐의 배를 곯리는 일이었다. 이것은 정말 아주 "빌어먹을" 일이었다.

아큐는 도저히 견딜 수 없어 예전 단골집을 찾아갈 수밖에 없었다.—일단 자오 씨 댁은 출입이 금지였다.—하지만 상황은 달라져 있었다. 반드시 남자가 나와 아주 혐오스러운 얼굴로 거지를 대하듯 손사래 치며 말했다.

"없어, 없어! 꺼져버려!"

아큐는 점점 희한하다는 생각이 들었다. 이제까지 이 사람들 집에서 품을 팔 일이 없었던 적이 없었던 것이다. 이제 와서 갑자기 일이 없어진 데에는 필경 무슨 곡절이 있는 거였다. 그는 열심히 탐문을 한 결과 그 일들이 모두 샤오 Don[24]에게 돌아갔다는 사실을 알게 되었다. 이 샤오D는 몸집도 작고 빼빼 마른 것이 아큐의 눈에는 왕 털보보다 한 수 아래였다. 그런데 누가 알았겠는가. 이 꼬마 놈이 아큐의 밥그릇을 채갈 줄이야. 그래서 아큐의 분노는 평상시와 달랐다. 막 식식거리며 걸어다니다가 갑자기 손을 휘저으며 노래를 불렀다.

"쇠 채찍을 움켜쥐고 너를 후려치리라!……"25

며칠 뒤 그는 결국 첸 씨 댁 담장 앞에서 샤오D를 만났다.

"원수는 외나무다리에서 만난다 했거늘."

아큐가 다가서니 샤오D도 멈춰 섰다.

"요 짐승 같은 놈!"

아큐가 노려보며 말했다. 입에서는 침이 튀었다.

"나는 버러지야, 됐냐?"

샤오D가 말했다.

이 겸손이 도리어 아큐의 화를 돋우었다. 하지만 그의 손에는 쇠 채찍이 없었다. 그래서 그냥 달려들어 손으로 샤오D의 변발을 낚아챘다. 샤오D는 한 손으로는 자기 변발 밑동을 움켜쥐고 한 손으로는 아큐의 변발을 낚아챘다. 아큐 역시 비어 있는 한 손으로 자기 변발 밑동을 움켜쥐었다. 예전의 아큐라면 샤오D는 적수가 안 됐겠지만, 요즘 배를 곯아 샤오D 못지않게 말라비틀어져 세가 엇비슷한 현상이 벌어졌다. 네 개의 손이 두 개의 머리를 움켜쥐고는 허리를 구부린 것이 첸 씨 댁 담장 위에 푸른색 무지개 모양을 그려냈다. 그렇게 30여 분이 지났다.

"됐다, 됐어!"

구경꾼이 말했다. 말리려는 것일까.

"그만하면 됐어!"

구경꾼들이 말했는데, 말리려는 것인지, 칭찬을 하는 것인지, 부추기는 것인지 알 수 없었다.

아무튼 두 사람은 들은 척도 안 했다. 아큐가 세 걸음 전진하면 샤오D가 세 걸음 물러서서 멈췄다. 샤오D가 세 걸음 전진하면 이번에는 아큐가 세 걸음 물러서서 멈췄다. 대략 30여 분가

랑—웨이좡에는 자명종이 없어 딱히 말하기 어려운데 아마 20분인지도 모른다—되었을까. 그들의 머리에서 김이 솟고 이마에서는 땀이 흘렀다. 아큐의 손이 풀린 동시에 샤오D의 손 역시 풀렸다. 둘은 동시에 일어나 동시에 물러서며 사람들 속을 헤집고 나갔다.

"두고 보자, 씨발 놈……"

아큐가 고개를 돌리고 말했다.

"씨발 놈, 두고 보자.……"

샤오D 역시 고개를 돌리고 말했다.

한바탕의 '용호상박'은 무승부로 끝난 듯 보였다. 구경꾼들이 만족했는지도 알 수 없다. 거기에 대해 무슨 의론을 늘어놓은 사람도 없었다. 아무튼 아큐에게 날품 일을 시키는 사람은 여전히 없었다.

어느 포근한 날이었다. 미풍이 살랑대며 여름 기운을 느끼게 했지만, 아큐는 오히려 한기가 일었다. 하지만 이것쯤은 그런대로 견딜 만했다.

무엇보다 배가 고팠던 것이다. 솜이불과 털모자, 홑옷은 진즉에 없어졌다. 그다음으로 솜옷도 팔아먹었다. 지금 바지는 남아 있지만, 이것만큼은 팔아먹을 수 없다. 누더기 겹옷이 있기는 하지만 누군가에게 주어 신발 깔창으로나 쓸까 결코 팔아서 돈이 될 만한 것은 아니었다. 그는 진즉부터 길에서 돈이라도 주웠으면 했지만 이제껏 눈에 띄지 않았다. 그는 쓰러져 가는 자신의 집 어딘가에서 갑자기 돈을 주울 수 있지 않을까 생각해 황망히 사방을 둘러보았지만 집 안은 텅 비어 있었다. 이에 그는 밖으로 나가 구걸을 하기로 결심했다.

그는 길을 가며 '구걸'할 요량이었다. 잘 아는 주점이 보였다. 잘 아는 만두 집도 보였다. 하지만 모두 지나쳤다. 잠시 멈추지 않았을뿐더러 그러고 싶지도 않았다. 그가 바라는 것은 이런 것들이 아니었다. 그가 바라는 게 무엇인지 그 자신도 몰랐다.

웨이좡은 본래 큰 마을이 아니라 얼마 안 있어 마을을 벗어났다. 마을 바깥은 논이었다. 새로 모를 낸 신록이 눈에 가득 들어왔다. 그사이 여기저기 움직이는 둥그런 검은 점들은 논에서 일하는 농부들이었다. 아큐는 이런 전원 풍경도 감상하지 않고 내처 걷기만 했다. 이것이 그가 '구걸'하는 길과는 한참 동떨어져 있다는 사실을 직감적으로 알고 있었기 때문이었다. 그러다 결국 정수암 담장까지 이르렀다.

암자 주변도 논이었다. 신록 사이로 흰 담장이 돌출해 있었다. 뒤편으로 나지막한 토담 안쪽은 채마*밭이었다. 아큐는 잠시 망설이다 사방을 둘러보았지만 아무도 없었다. 그는 나지막한 담장을 기어 올라가 하수오 넝쿨을 부여잡았다. 하지만 담장의 진흙이 부스러져 떨어지고 아큐의 발 역시 발발거리고 떨렸다. 마침내 뽕나무 가지

---

* 채소.

를 타고 넘어가 담장 안으로 뛰어내렸다. 안쪽은 신록으로 푸르렀지만, 황주나 만두, 그 밖의 먹을 것들은 없는 듯했다. 서쪽 담장을 따라 대숲이 있고 아래쪽에는 죽순이 많이 나 있었지만 애석하게도 삶아 익힌 것이 아니었다. 유채도 벌써 씨가 차 있었고, 갓은 이미 꽃이 피었으며, 봄배추에도 이미 장다리가 피었다.

아큐는 글방도련님이 과거시험에 낙방한 듯한 억울함을 느꼈다. 그는 천천히 밭으로 난 문으로 걸어 들어갔다. 돌연 아큐의 얼굴에 화색이 돌았다. 이것은 분명 무밭이었다. 그는 쭈리고 앉아 무를 뽑았다. 그때 갑자기 문 안에서 동그란 머리통 하나가 나오더니 쏙 들어가 버렸다. 틀림없는 젊은 비구니였다. 아큐는 본래 젊은 비구니쯤이야 초개와 같이 여기던 바였다. 하지만 세상사는 '한 걸음 물러나 생각해' 보아야 했다. 그는 재빨리 무 네 개를 뽑아 무청을 비틀어 버린 뒤 품에 넣었다. 그러나 늙은 비구니가 이미 나와 있었다.

"아미타불, 아큐 네 이놈 어째서 채마밭에 뛰어들어 무를 훔치는고!…… 암만, 죄업이지. 어이구나, 아미타불……"

"내가 언제 당신 채마밭에서 무를 훔쳤다고 그래?"

아큐는 힐끔거리며 걸어가면서 말했다.

"지금…… 그건 뭐냐?"

늙은 비구니가 그의 품속을 가리켰다.

"이게 네 거라고? 네가 부르면 이놈이 대답이라도 한대? 네……"

아큐는 말을 마치기 전에 냅다 뛰었다. 커다란 검정개가 한 마리 쫓아오고 있기 때문이었다. 본래 앞문에 있던 놈이 어째서 후원까지 왔는지 모를 일이었다. 검정개가 으르렁대며 쫓아와 아큐의 다리를 물려는 순간 요행히도 품에서 무 한 개가 떨어졌다. 개는 흠칫하며 잠시 멈춰 섰다. 그새 아큐는 이미 뽕나무를 기어올라 토담을 넘었다. 사람과 무가 모두 담장 밖으로 굴러떨어졌다. 검정개가 뽕나무를 향해 짖어대는 소리와 늙은 비구니가 염불하는 소리가 여전히 들리고 있었다.

아큐는 비구니가 검정개를 다시 풀어놓을까 봐 무를 수습해 달아났다. 연도에서 돌을 몇 개 집어 들었지만, 검정개는 더 이상 나타나지 않았다. 아큐는 돌멩이를 버리고 걸을 걸어가며 무를 먹었다. 그리고 생각했다. '여기는 아무것도 찾을 게 없어. 차라리 성안으로 들어가는 게 낫겠어.……"

무 세 개를 다 먹었을 때에는 이미 성안으로 들어가기로 결심이 섰다.

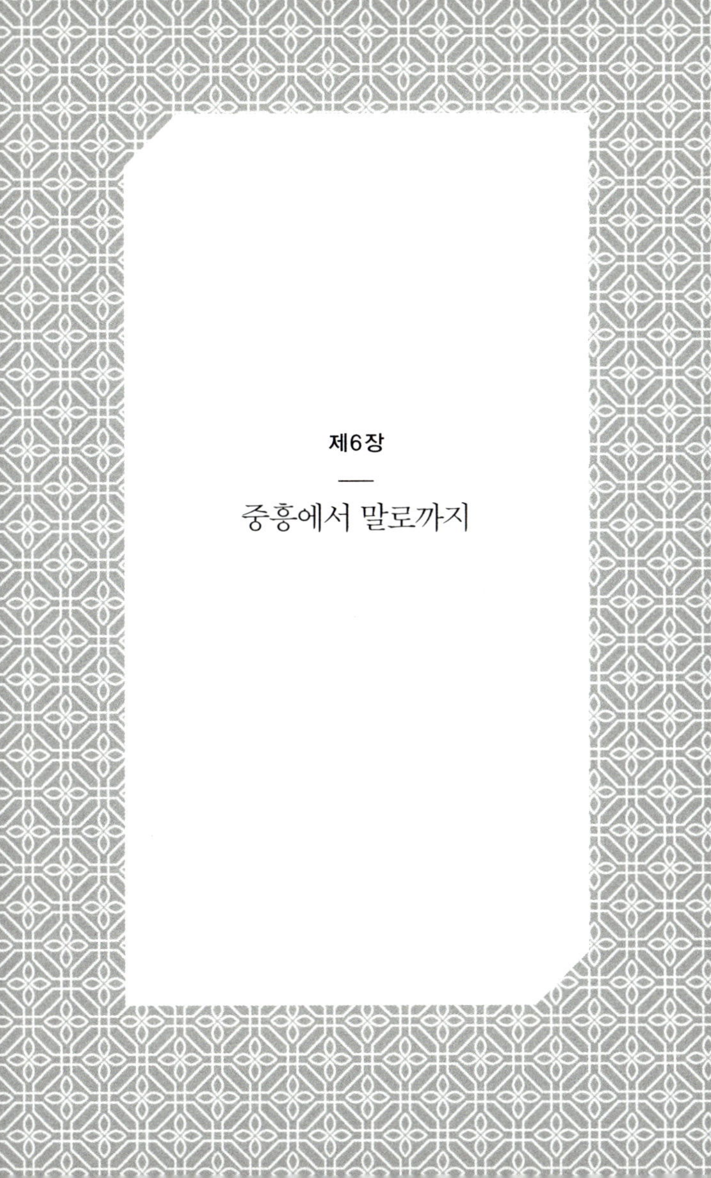

제6장

—

중흥에서 말로까지

Q

아큐가 웨이좡에 다시 모습을 드러낸 것은 그해 추석이 지나서였다. 사람들은 모두 놀라며 말했다. 아큐가 돌아왔데. 그러고는 그동안 어디에 갔을지 궁금해했다. 아큐는 전에도 몇 차례 성안에 들어갔던 적이 있었는데, 대개는 신이 나서 사람들에게 떠벌렸다. 그런데 이번에는 그렇게 하지 않았다. 그래서 아무도 신경 쓰지 않았던 게다. 혹시 마을 사당을 관리하는 늙은이에게는 이야기했는지 모를 일이었다. 그러나 웨이좡의 관례대로라면, 자오 나리나 첸 나리, 수재 선생 정도가 성안에 다녀와야 사건이라 할 만했다. 가짜 양놈 정도도 치지도외니, 하물며 아큐임에랴. 그래서 늙은이도 그를 대신해 떠들어대지 않았고, 웨이좡 사회도 알 길이 없었던 것이다.

하지만 이번에 아큐가 돌아온 것은 예전과 크게 달랐다. 확실히 놀랄 만한 가치가 있었다. 날이 저물 무렵 그는 잠에 취한 듯 몽롱한 눈으로 주점 문 앞에 나타났다. 그는 탁자로 다가서더니 허리춤에서 손을 빼더니 은전과 동전을 한 움큼 탁자에 던지며 말했다.

"현금이야! 술 좀 갖고 와!"

새 겹옷을 걸치고 있었는데, 허리춤에 매달려 있는 커다란 전대를 보니, 뭔가 묵직한 것이 허리띠를 축 처지게 만들었다. 웨이좡의 관례대로라면 약간이라도 사람의 눈을 끄는 인물에 대해서는 경멸하기보다 오히려 존경하는 쪽이었다. 지금은 비록 아큐라는 걸 분명히 알겠지만, 누더기 겹옷을 입은 아큐와는 사뭇 다른 모습이라,

옛사람이 "선비는 사흘만 떨어져 있어도 괄목상
대한다"고 말한 대로였기에, 점원이나 주인, 손
님이나 길가던 사람까지도 일말의 의문을 품으
면서도 존경을 표했다. 주인이 먼저 고개를 까닥
하고 알은 체하며 말했다.

"허허! 아큐, 자네가 돌아왔구먼!"

"돌아왔지."

"한밑천 잡았구먼, 자네…… 어디서……"

"성안에 갔었다네."

이 소식은 다음 날 웨이좡 전체에 퍼졌다. 사
람들은 모두 현금과 새 겹옷의 아큐의 중흥사中
興史를 알고 싶어했다. 그래서 주점이나 차관茶
館, 사당 처마 밑에서 서서히 탐문이 이어졌다.
그 결과 아큐는 새로운 경외의 대상이 되었다.

아큐의 말에 의하면, 그는 거인 나리의 집에서
일했다고 한다. 이 대목에서 듣고 있던 사람들은
모두 숙연해졌다. 그 나리의 성은 바이白 씨인데,
성안에서는 유일한 거인이라 따로 성을 붙일 필

요도 없이 그냥 거인이라면 그를 지칭하는 것이었다. 이것은 웨이좡뿐 아니라 인근 백 리 안쪽에서도 모두 그랬다. 그래서 거의 대부분의 사람들이 그의 성명을 거인 나리로 알고 있었다. 그 사람 댁에서 일을 했다면 당연히 존경받을 만한 것이었다. 하지만 아큐의 다른 말에 의하면 그는 다시는 일하고 싶지 않다고 했다. 그 거인 나리가 실제로는 아주 "빌어먹을 인간"이기 때문이라는 것이었다. 이 대목에서 듣고 있던 사람들은 모두 탄식을 하면서 통쾌하게 여겼다. 왜냐하면 아큐는 원래 거인 나리 집에서 일을 할 만한 위인은 못 되지만, 그렇다고 그 집에서 일을 하지 않는 것은 애석한 일이었기 때문이었다.

아큐의 말에 의하면 그가 돌아온 것은 성안 사람들에 대한 불만 때문인 듯했다. 말하자면 그들은 '창덩長凳'을 '탸오덩條凳'이라 부르고, 대구를 기름에 튀길 때도 가늘게 채를 썬 파를 얹는 이외에도 최근에 관찰해서 알게 된 결점으로 여인들이 길을 걸을 때 엉덩이를 흔드는 것이 돼먹지 않았던 것이다. 그런데 더러 탄복할 만한 점도 없지 않은데, 이를테면 웨이쫭 사람들은 서른두 장짜리 죽패 놀이밖에 할 줄 모르고, '마작'26을 할 줄 아는 것도 가짜 양놈밖에 없는데, 성안에서는 조무래기들도 그런 정도는 능숙하게 한다는 것이었다. 가짜 양놈 따위는 성안의 열 몇 살 먹은 조무래기 손안에 놔두면 금방 "작은 도깨비가 염라대왕 알현하는" 꼴이 되어버린다는 것이었다. 이 대목에서 듣고 있던 사람들은 모두 낯을 붉혔다.

"자네들 사람 목 자르는 것 본 적 있나?"

아큐가 말했다.

"흠, 볼 만하지. 혁명당을 죽이는 건데. 어이구야, 정말 볼 만하지, 볼 만하구 말구……"

그는 머리를 흔들어대며 맞은편에 있는 자오쓰천趙司晨의 얼굴에 침을 튀겼다. 이 대목에서 듣고 있던 사람들은 모두 흠칫했다. 하지만 아큐는 사방을 둘러보더니 갑자기 오른손을 쳐들고는 목을 빼고 이야기에 빠져 있던 왕 털보의 뒷덜미를 향해 곧장 내려치며 말했다.

"싹둑!"

왕 털보는 깜짝 놀라며 동시에 전광석화처럼 목을 움츠렸다. 듣고 있던 사람들은 섬뜩하면서도 재미있어했다. 그 뒤로 왕 털보는 며칠 동안 머리가 어질어질했다. 그리고는 감히 아큐의 근처에 오지도 못했다. 다른 사람들도 마찬가지였다.

이때 웨이좡 사람들 눈에 비친 아큐의 지위는 언감생심 자오 나리를 넘어선다고는 말할 수 없어도, 어금버금이라 해도 크게 틀린 말은 아니었다.

오래지 않아 아큐의 명성은 웨이좡의 규방에까지 퍼졌다. 비록 웨이좡에는 첸과 자오 씨 댁만 큰 집을 갖고 있고 그 밖의 집들은 대부분 보잘것 없었지만, 그래도 규방은 규방이었다. 그러니 이것도 하나의 신기한 사건이라 할 만했다.

아낙네들은 만날 때마다 수군댔다. 쩌우 씨네 일곱째 아주머니가 아큐한테서 쪽빛 비단 치마를 샀는데, 낡긴 했어도 단돈 90전밖에 주지 않았다. 또 자오바이옌의 어머니—일설에는 자오쓰천의 어머니라고도 하는데 고증이 필요함—역시 아이에게 입힐 빨간색 옥양목 홑옷을 샀는데, 칠 할 정도 새것인데도 3백 문 정도만 주었다. 그래서 아낙네들은 눈이 빠져라 아큐를 만나고 싶어 했다. 비단 치마가 없는 이는 비단 치마를, 옥양목 홑옷이 필요한 사람은 옥양목 홑옷을 사고 싶어 했던 것이다. 이제는 그를 만나도 도망치지 않았고, 어떤 때는 아큐가 이미 지나가 버린 뒤에도 뒤쫓아가 불러 세워놓고 물었다.

"아큐, 비단 치마 아직 있어? 없다고? 옥양목 홑옷도 필요한데, 이건 있겠지?"

나중에는 이 소문이 여느 규방으로부터 대갓집 규방으로까지 전해졌다. 쩌우 씨네 일곱째 아주머니가 신이 난 나머지, 자기 비단 치마를 자오 마님에게 보이러 갔고, 자오 마님은 또 자오 나리에게 이야기하면서 한바탕 너스레를 떨었다. 자오 나리는 저녁 밥상머리에서 수재 선생과 의논을 했다. 아무래도 아큐란 놈이 약간 수상하니 우리도 응당 문단속을 단단히 하는 게 좋겠다. 하지만 그의 물건 중에 아직도 살 만한 것이 있는지, 뭐 좀 좋은 게 있는지 모르겠다는 등등이었다. 덧붙여 자오 마님도 싼 가격에 품질 좋은 모피 조끼를 하나 장만하려던 참이었다. 이에 가족회의 결과에 따라 쩌우 씨네 일곱째 아주머니에게 즉각 아큐를 불러오도록 했다. 이를 위해 세 번째 예외 조항을 만들어 그날 밤만은 특별히 등불을 켜는 것을 허락하도록 했다.

등불 기름이 다 말라가는데도 아큐는 아직 나타나지 않았다. 자오 씨 댁 온 가족은 모두 조급해져서 하품을 하거나, 아큐가 너무 변덕스럽다고 미워하고, 쩌우 씨네 일곱째 아주머니가 일처리를 깐깐하게 하지 못한다고 원망했다. 자오 마님은 봄날 밤 그 일 때문에 감히 오지 못하는 게 아니냐고 걱정했다. 하지만 자오 나리는 걱정할 필요 없다고 했는데, 그것은 바로 "내"가 불렀기 때문이라는 것이었다. 과연 자오 나리는 식견이 있는 사람이었다. 아큐는 결국 쩌우 씨네 일곱째 아주머니를 따라 들어왔다.

"그저 없다, 없다고만 하네요. 그래서 자네가 직접 가서 말씀드리라고 해도 여전히 없다고만 해대니 원……"

쩌우 씨네 일곱째 아주머니는 들어오면서 숨을 헐떡이며 말했다.

"나리!"

아큐는 웃는 듯 마는 듯한 표정으로 한마디 하고는 처마 밑에 멈춰 섰다.

"아큐, 듣자니 자네가 외지에서 돈을 좀 벌었다구."

자오 나리는 성큼 다가와 그의 온몸을 아래위로 훑어보며 말했다.

“그거 잘됐군, 잘됐어. 그런데…… 듣자 하니 중고 물건을 몇 가지 갖고 있다고…… 좀 가져와서 보여주게나…… 다른 게 아니라 좀 필요한 게 있어서……”

“쩌우 씨네 일곱째 아주머니에게 말씀드렸습지요. 다 팔아치웠습니다.”

“다 팔아치웠다고?”

자오 나리는 자기도 모르게 말이 나왔다.

“어째서 그렇게나 빨리 다 팔아치울 수가 있나?”

“친구 건데, 원래 많지 않은 거라. 다들 사가 버려서……”

“그래도 조금은 남아 있겠지.”

“이제 문에 치는 발 하나밖에 남지 않았습니다.”

“그럼 그거라도 가져와 보게.”

자오 마님이 황망한 마음에 말했다.

“그렇다면, 내일 가져오게나.”

자오 나리는 심드렁해졌다.

"아큐, 앞으로 무슨 물건이 생기면, 먼저 우리에게 보여주게나……"

"값은 다른 집보다 섭섭지 않게 챙겨주겠네!"

수재가 말했다. 수재의 아내는 아큐가 마음이 동했는지 알아보기 위해 급히 그의 얼굴을 살펴보았다.

"나는 모피 조끼가 하나 필요해."

자오 마님이 말했다.

아큐는 그러마고 대답은 했지만, 느릿느릿 나가는 모습이 마음에 두고 있는지 알 수 없었다. 그게 자오 나리를 실망시키고 화를 돋우었다. 걱정 때문에 하품마저 그칠 정도였다. 수재 역시 아큐의 태도가 마뜩치 않았다. 그래서 저 빌어먹을 놈은 미리 조심해야 하고, 차라리 지보에게 분부해 웨이좡에서 살지 못하게 하는 게 낫다고 말했다. 하지만 자오 나리는 그렇지 않다고 여겼다. 그렇게 하면 원망을 살 뿐 아니라, "매도 자기 둥지 옆의 먹이는 먹지 않는다"는 게 이 바닥 생리이거늘, 이 마을은 오히려 걱정할 필요가 없고 그저 밤에 문단속만 단단히 하면 될 뿐이었다. 수재는 '부친의 가르침'을 듣고 과연 그렇다 여겨 즉각 아큐를 축출하자는 제의를 철회했다. 그리고 쩌우 씨네 일곱째 아주머니에게는 이 일을 절대 다른 사람에게 발설하지 말라고 신신당부했다.

하지만 그 다음 날 쩌우 씨네 일곱째 아주머니는 쪽빛 치마를 검정색으로 물들이러 나간 김에 아큐가 의심 가는 데가 있다는 말을 퍼뜨리고 다녔다. 그러나 수재가 그를 축출하려 한다는 말은 확실히 하지 않았다. 하지만 아큐는 이미 몹시 불리해졌다. 우선 지보가 찾아와 그의 문에 치는 발을 가져가 버렸다. 아큐는 자오 마님에게 보여 줘야 한다고 말했지만, 지보는 돌려주지 않았을 뿐 아니라 매달 효도비를 내라고 멋대로 정해버렸다. 다음으로 그에 대한 마을 사람들의 경외감 역시 달라졌다. 감히 멋대로 굴지는 못했지만 뭔가 그를 멀리하고 피하려는 기색이 역력했다. 그런 기색은 이전에 그가 와서 "싹둑"했던 때와는 또 다르게 "경이원지[27]"하는 요소가 섞여 있었다.

다만 할 일 없는 무리들만이 여전히 시시콜콜하게 아큐의 내막을 탐문하려 했다. 아큐 역시 거리낌 없이 거드름을 피우며 자기 경험을 말해 주었다. 이로부터 그들은 그가 졸개에 지나지 않는다는 것을 알게 되었다. 아큐는 담장을 넘거나 굴속으로 들어갈 수 없어 그저 굴 밖에 서서 물건을 건네받았을 뿐이었다. 어느 날 밤, 그가 꾸러미 하나를 건네받은 뒤, 두목이 다시 들어가자마자 안에서 큰 소란이 일어났다. 그는 재빨리 도망쳐 밤을 도와 성을 빠져나온 뒤 웨이좡으로 도망쳐 온 것이었다. 그러고는 감히 다시 가지 못했다.

하지만 이 이야기 때문에 아큐는 더 불리해졌

다. 마을 사람들의 아큐에 대한 "경이원지"는 본래 원한을 살까 두려워서였는데, 그가 감히 다시는 도둑질을 할 엄을 못 내는 좀도둑에 불과하다는 것을 누가 알았겠는가? 이거야말로 "이 또한 두려워할 것이 못 되느니라斯亦不足畏也矣"[28]인 셈이다.

제7장

—

혁명

Q

선통 3년 9월 14일[29]—즉 아큐가 전대를 자오바이옌에게 팔아버린 바로 그날—한밤중에 커다란 오봉선烏篷船 한 척이 자오 나리 댁 강기슭에 닿았다. 이 배가 어둠 속에서 다가왔을 무렵은 마을 사람들이 곤히 자고 있을 때여서 아무도 몰랐다. 배가 떠날 무렵은 날이 밝을 무렵이라 몇 사람이 그걸 목격했다. 이리저리 수소문한 결과 그것이 거인 나리의 배라는 사실을 알게 되었다.

이 배는 웨이좡에 큰 불안을 실어다 주었다. 정오가 못 되어 온 마을의 인심도 술렁였다. 배의 사명에 대해서 자오 씨 댁에서는 비밀에 부치고 있었다. 하지만 찻집이나 선술집에서는 모두 혁명당이 성안으로 들어오려 해서 거인 나리가 우리 마을로 피난을 온 것이라는 소문이 돌았다. 단지 쩌우 씨네 일곱째 아주머니만은 그렇지 않다면서 거인 나리가 낡은 옷상자 몇 개를 좀 맡아달라고 보냈는데, 자오 나리가 되돌려 보낸 것이라 했다. 사실 거인 나리와 자오 수재는 평소 사이가 좋지 않았으니, "환난을 함께할" 정분이 애당초 없었던 것이다. 하물며 쩌우 씨네 일곱째 아주머니는 자오 씨 댁과 이웃이니, 보고 듣는 것이 사실에 가까울 것이었다. 그러니 아마도 그녀의 말이 옳았으리라.

하지만 소문은 더 커져만 갔다. 일설에는 거인 나리가 직접 오지는 않았으나 장문의 서신을 보내 자오 씨 댁과는 먼 친척이 된다고 늘어놓았다느니, 자오 나리가 배알이 틀렸지만 자기로서는 손해될 게 없다 여겨 상자를 맡아 두었다가 지금은 마님의 침상 밑에 처박아 두었다느니 하는 말들이 돌았다. 혁명당에 대해서는 어떤 이가 다음과 같이 말했다. 그들은 그날 밤 성에 들어왔는데, 모두 하얀 투구에 하얀 갑옷을 입은 것이 명의 마지막 황제인 숭정제를 기리는 소복을 입은 것[30]이라 하였다.

아큐의 귀에도 혁명당이라는 말이 진즉부터 들려왔다. 금년에는 또 직접 혁명당을 죽이는 걸 본 적도 있었다. 하지만 그는 어디서 든 생각인지는 몰라도, 혁명당은 반란이고 반란은 그에게 고난이 되므로, 줄곧 이를 "통절히 증오하고" 있었다. 그런데 뜻밖에도 인근 백 리에 걸쳐 이름이 뜨르르한 거인 나리께서도 저렇듯 두려워한다니 그로서는 '신명'이 나지 않을 수 없었다. 하물며 웨이좡의 일군의 눈꼴사나운 것들이 허둥대는 꼴은 아큐를 더욱 더 유쾌하게 만들었다.

'혁명이란 것도 괜찮구나.'

아큐는 생각했다.

‘이 빌어먹을 운명을 혁파하자. 미운 놈들! 한스러운 것들! ……나도 혁명당에 들어가야지.’

근자에 아큐는 용돈이 궁했던지라 약간의 불평불만이 있었을 터였다. 여기에 더해 공복에 낮술을 두어 잔 걸치고 나니 취기가 더 빨리 올랐다. 아큐는 이런 생각을 하며 걷다 보니 기분이 하늘하늘 들떴다. 부지불각 중에 갑자기 자기가 혁명당인 듯 느껴졌고, 웨이좡 사람들은 모두 그의 포로가 된 듯했다. 그는 득의만만해져서 참을 수 없어 큰소리를 내질렀다.

“반란이다! 반란이야!”

웨이좡 사람들은 두려운 눈빛으로 그를 바라보았다. 저 가련한 눈빛은 아큐가 일찍이 보지 못했던 것이었다. 그걸 보자 오뉴월에 얼음물을 들이켠 듯 시원했다. 그는 더 신이 나서 걸으며 외쳤다.

“자, ……갖고 싶은 것은 모두 내 것, 마음에 드는 년도 내 것.

두둥, 땅땅!

후회해도 소용없어, 취해서 잘못 쳤구나. 정鄭 가네 아우를.

후회해도 소용없어, 아이, 아이, 야……

두둥 땅땅, 둥, 따다당!

쇠 채찍을 움켜쥐고 너를 후려치리라!……”

자오 씨 댁의 남자 두 명과 진짜 일가친척 두 명이 막 대문 앞에서 혁명을 논하고 있었다. 아큐는 그것을 보지 못하고 머리를 쳐들고 노래를 부르며 지나갔다.

“두둥……”

“큐 선생.”

자오 나리가 잔뜩 겁먹은 듯 작은 소리로 불렀다.

“땅땅.”

아큐는 자기 이름에 무슨 ‘선생’ 자가 붙을 거라고는 생각도 못했으므로, 자기와는 상관없는 말이라 여겨 그저 노래를 불렀다.

"둥, 땅, 두둥땅땅!"

"큐 선생."

"후회해도 소용없어……"

"아큐!"

수재가 직접 그 이름을 불렀다.

아큐는 그제야 멈춰 서서 고개를 외로 꼬며 물었다.

"뭐요?"

"큐 선생…… 요즘……"

자오 나리는 오히려 말을 못 이었다.

"요즘…… 돈 좀 벌었나?"

"돈 벌었냐구? 그럼요. 갖고 싶은 것은 모두 내 것……"

"아…… 큐형, 우리 같은 가난뱅이 동무들은 별일 없겠지……"

자오바이옌은 조심스레 말했는데, 혁명당의 말투를 흉내 내려는 듯했다.

"가난뱅이 동무라고? 당신은 나보다 돈이 많

아."

아큐는 말하면서 가버렸다.

모두들 망연자실하여 아무런 말도 못 했다. 자오 나리 부자는 집에 돌아가 저녁나절 등불을 켤 때까지 의논했다. 자오바이옌은 집에 돌아가 허리춤에서 전대를 풀어 아내에게 건네며 고리짝 밑에 감추어 두라고 했다.

아큐가 하늘하늘 들뜬 마음으로 한바탕 날아다니다가 마을 사당에 돌아왔을 때는 이미 술도 깨어 있었다. 그날 저녁 사당을 지키는 늙은이도 평소와 달리 살갑게 굴며 차까지 권하는 것이었다. 아큐는 떡 두 개를 달라고 해서 다 먹은 뒤, 다시 불을 붙인 적이 있는 넉 냥짜리 초 한 자루와 나무 촛대를 달라고 해서 켜놓고는 홀로 자기 방에 드러누웠다. 뭐라 말할 수 없을 정도로 신선하고 유쾌했다. 촛불은 정월 대보름 밤처럼 환하게 밝았고, 덩달아 그 역시 상상의 나래를 펼쳐나갔다.

‘반란? 재미있군…… 흰 투구에 흰 갑옷을 입은 혁명당 무리가 쳐들어온단 말이지. 저마다 청룡도에 쇠 채찍, 폭탄, 철포에 양날이 있는 삼지도, 갈고리 창을 들고서 사당을 지나가며 소리친다. “아큐! 같이 가세, 같이 가!” 그리고 함께 가는 거야……’

‘이때 웨이좡의 눈꼴사나운 것들은 가소로운 존재가 되어 무릎을 꿇고 소리친다. “아큐, 살려주게!” 누가 들어주기나 한대? 첫 번째로 죽일 놈은 샤오D하고 자오 나리야, 그리고 수재 놈도, 그리고 가짜 양놈, ……몇 놈이나 남겨둘까? 왕털보는 원래 남겨두어도 괜찮지만, 안 돼……’

‘물건들은, ……바로 쳐들어가서 상자를 연다. 말굽 모양 은자에, 은화, 옥양목 홑옷, ……수재 마누라의 닝보寧波식 침상은 일단 사당으로 가져와야지. 그밖에도 첸 씨네 탁자와 의자를 갖다 놓고, 아니면 자오 씨네 걸 쓰는 것도 괜찮지. 나는 손 하나 까딱 않고 샤오D에게 운반을 시킨다.

빨리 날라, 빨리 나르지 않으면 귀싸대기를 올려붙인다……'

'자오쓰천의 누이는 너무 못생겼어. 쩌우 씨네 일곱째 아주머니 딸은 아직 몇 년은 두고 봐야 해. 가짜 양놈 마누라는 변발 없는 놈하고 동침을 했으니 홍, 좋은 물건은 못 돼! 수재 마누라는 눈두덩에 흉터가 있고. ……우 씨 어멈은 오랫동안 못 봤군, 어디로 갔을까, 그런데 애석하게도 발이 너무 커.'

아큐는 공상의 나래를 충분히 펴기도 전에 이미 코를 골고 있었다. 넉 냥짜리 초는 아직 반도 타지 않았고, 불그스레한 촛불이 그의 벌어진 입을 비추고 있었다.

"허억!"

아큐가 갑자기 큰소리를 질렀다. 고개를 들어 황망히 둘러보더니, 넉 냥짜리 초를 보고는 다시 쓰러져 잠들었다.

다음날 느지막하게 일어나서 거리로 나가 살

펴보니 모든 것이 예전 그대로였다. 또 여전히 배가 고팠다. 그는 생각했지만 아무런 생각도 할 수 없었다. 그러다 갑자기 뭔가 생각이 난 듯했다. 천천히 걸음을 옮겨 자기도 모르게 정수암에 도달했다.

암자는 봄철과 마찬가지로 조용했다. 하얀 담장과 검은 문이었다. 그는 잠시 생각하다 앞으로 나아가 문을 두드렸다. 안에서 개가 짖었다. 그는 급히 벽돌 조각을 집어 들었다. 그리고는 다시 한번 힘껏 문을 두드렸다. 검은 문에 수많은 곰보 자국이 생긴 뒤에야 어떤 사람이 문 여는 소리가 들렸다.

아큐는 황망히 벽돌 조각을 움켜쥐고 다리를 쩍 벌리고 서서 검은 개와의 일전을 준비했다. 하지만 암자의 문이 빼꼼히 열렸을 뿐 안에서 검은 개는 튀어나오지 않았다. 들여다보니 늙은 비구니 한 사람뿐이었다.

"너는 또 왜 온 거야?"

그녀가 깜짝 놀라며 말했다.

"혁명이라구…… 알고나 있었나……?"

아큐가 어물거리며 말했다.

"혁명, 혁명, 혁명은 이미 끝났어, ……네놈들이 우리를 어떻게 혁명하겠다는 거야?"

늙은 비구니는 두 눈에 핏대를 올리며 말했다.

"뭐라고……?"

아큐는 의아해했다.

"모르고 있었어, 그 사람들이 벌써 혁명을 해버렸다구!"

"누가?"

아큐는 더 의아해했다.

"저 수재와 가짜 양놈이!"

아큐는 너무도 의외라 어리둥절했다. 늙은 비구니는 그의 예기가 꺾인 걸 보고는 잽싸게 문을 닫아버렸다. 아큐가 다시 밀어봤지만 한사코 열리지 않았다. 다시 두드려도 아무런 대꾸도 없었다.

그것은 아직 오전 중의 일이었다. 자오 수재는 소식이 빨랐다. 혁명당이 이미 한밤중에 성에 들어간 걸 알고는 변발을 머리 꼭대기에 둘둘 말아 올리고 아침 녘에 그때까지 사이가 좋지 않았던 가짜 양놈을 찾아갔다. 때는 바야흐로 "모두 유신에 참여하는咸與維新"31 시기였던 것이다. 그래서 그들은 이 기회에 영합하기로 이야기가 되어 금세 의기투합한 동지가 되었고, 혁명도 약속했다. 그들은 생각하고 생각했다. 그리고 정수암에 "황제 만세 만만세"라는 용패龍牌가 있다는 걸 생각해 내고 그것을 신속하게 없애버리기로 했다. 그래서 즉각 암자로 혁명을 하러 갔다. 늙은 비구니가 한사코 저지해서 몇 마디 말을 해보았지만 이내 그들은 그녀를 만주 정부 일파라 여겨 머리에 지팡이와 주먹세례를 퍼부었다. 그들이 가고 난 뒤, 비구니가 정신을 차리고 점검을 해보니 용패는 이미 땅바닥에 산산이 부숴졌고, 관음상 앞에 있는 선덕宣德 향로32도 보이지 않았다.

아큐는 이 일을 나중에야 알게 되었다. 그는 자기가 늦잠을 잔 것을 후회했지만, 그들이 자기를 부르러 오지 않은 것을 괘씸하게 생각했다. 그는 또 한 걸음 물러서서 생각했다.

'설마 그놈들이 내가 이미 혁명당에 투신한 걸 모르고 있는 건 아니겠지?'

제8장

—

혁명을 불허하다

Q

웨이좡의 인심은 날로 안정되어 갔다. 전해오는 소식으로는 혁명당이 성에 진입했지만 크게 달라진 건 없다고 하였다. 지현 나리 역시 원래 관직에 있는데, 뭐라고 명칭만 바꾸었다. 거인 나리 역시 뭐라는—이런 명칭들은 웨이좡 사람들은 말해도 못 알아먹는다—관직을 맡았고, 군대의 책임자도 예전의 하급 무관인 파총把摠이었다. 다만 한 가지 두려운 일은 고약한 혁명당원 몇 명이 그 안에서 패악질을 일삼았다는 것이다. 그다음 날부터 변발을 자르기 시작했는데, 이웃

마을의 뱃사공 치진七斤이 첫 번째로 걸려 사람 꼴이 아니게 되었다. 하지만 이건 오히려 큰 공 포라 할 일은 아니었다. 왜냐하면 웨이좡 사람들 은 본래 성에 갈 일이 드물었고, 어쩌다 갈 일이 있더라도 즉각 계획을 변경하면 그런 위험에 맞 닥뜨릴 일이 없었던 것이다. 아큐도 원래는 성에 가서 친구를 찾아볼 생각이었으나, 그 소식을 듣 고는 그 계획을 작파해 버렸다.

그렇다고 웨이좡에 개혁이 없었다고 말할 수 도 없었다. 며칠 뒤 변발을 정수리에 둘둘 말아 올린 자들이 점차 늘어났다. 앞서 말한 대로 그 선구자는 당연히 수재 선생이었다. 그다음은 자 오쓰천과 자오바이옌이었고, 나중에는 아큐도 그렇게 했다. 만약 여름이었다면 사람들이 변발 을 정수리에 말아 올리거나 묶는 것은 그리 기이 할 것도 없는 일이었겠지만, 지금은 늦가을이니 '엄동설한에 삼베옷을 걸치는' 식이라 변발을 말 아 올리는 것은 크나큰 결단을 내린 것이라 말하지 않을 수 없었다. 그러니 웨이좡 역시 개혁과 무관하다고 말할 수 없는 것이다.

자오쓰천이 뒤통수를 휑하니 비우고 걸어오자 사람들은 큰 소리로 떠들어댔다.

"허허, 혁명당이 오시는구만!"

아큐는 그 이야기를 듣고 몹시 부러웠다. 그는 수재가 변발을 말아 올렸다는 빅뉴스를 진즉에 알고 있었지만, 자기도 그렇게 할 수 있을 거라는 생각은 못 했던 터였다. 그런데 지금 자오쓰천 역시 그렇게 한 걸 보고 자기도 따라 할 엄두가 나서 실행에 옮기기로 결심했다. 그는 대젓가락으로 변발을 정수리에 말아 올리고 한참을 머뭇거렸다. 그리고는 대담하게 걸어갔다.

그가 거리를 걷고 있는데, 사람들이 그를 보고도 아무 말도 하지 않았다. 아큐는 처음에는 불쾌했고, 나중에는 몹시 불만스러웠다. 최근에 그는 걸핏하면 성질을 부렸다. 사실 그의 생활은 반란 이전에 비하면 그다지 고생스럽지 않았다.

사람들은 그에게 공손하게 대했고, 점포도 현금을 요구하지 않았다. 하지만 아큐 자신은 크게 실망한 듯 느껴졌다. 기왕에 혁명을 한 거라면, 이 정도여서는 안 된다는 것이었다. 하물며 어쩌다 샤오D를 보고 나서는 복장이 터질 지경이었다.

샤오D 역시 변발을 정수리에 말아 올렸던 것이다. 게다가 아무렇지도 않게 대젓가락을 사용했음에랴. 아큐는 설마 그놈 역시 이렇게 하리라고는 생각지도 못했고, 결단코 그렇게 하게 할 수도 없는 노릇이었다. 샤오D란 놈이 어디서 굴러먹던 개뼈다귀란 말이냐! 그는 즉각 그를 휘어잡고 그의 대젓가락을 부러뜨려 변발을 풀어 헤치고 싶었다. 그리고 귀싸대기를 몇 대 갈겨줌으로써 분수도 모르고 혁명당 노릇을 한 죄를 다스려주고 싶었다. 하지만 그는 결국 한번 봐주기로 했다. 그저 노려보며 침을 한번 내뱉었다.

"퉤!"

요 며칠 사이 성에 다녀온 사람은 가짜 양놈

밖에 없었다. 자오 수재도 원래는 상자를 맡아준 걸 믿고 직접 거인 나리를 방문하고 싶었지만, 변발이 잘리는 위험 때문에 중지하고 말았다. 그는 '지극히 정중한' 편지 한 통을 쓴 뒤 가짜 양놈에게 성안에 가지고 가서 자기가 자유당에 입당할 수 있게 해달라고 부탁했다. 가짜 양놈은 돌아와서 은화 4원을 달라고 했다. 그로부터 수재는 복숭아 모양의 은 배지를 저고리 옷깃에 달고 다녔다. 웨이좡 사람들은 모두 놀라 탄복했다. 그건 시유당柿油黨33의 휘장으로 한림翰林에 해당한다는 것이었다. 자오 나리는 이 때문에 거드름을 피웠는데, 자식 놈이 수재가 되었을 때보다 훨씬 더했다. 그리하여 눈에 뵈는 게 없었고, 아Q를 보아도 거들떠보지 않았다.

아Q는 마음이 편치 않았다. 시시각각 자기가 뒤처지고 있다고 느끼던 차에 은 복숭아 이야기를 듣고, 자기가 뒤처지고 있는 이유를 깨닫게 되었다. 혁명을 하려면 단지 투신했다는 말만 해서는 안 된다. 변발을 말아 올리는 것만으로도 안 된다. 중요한 건 혁명당과 인연을 맺어야 한다. 그가 평생 알고 지냈던 혁명당은 둘뿐이었는데, 성안의 하나는 이미 "싹둑" 죽고 말았다. 지금은 가짜 양놈 하나만 남아 있었다. 그는 얼른 가짜 양놈과 상의하는 수밖에 다른 길은 없었다.

첸 씨 댁 대문은 마침 열려 있었다. 아큐는 조심조심 고양이 걸음으로 들어갔다. 안으로 들어가서는 흠칫 놀랐다. 가짜 양놈은 마당 한가운데 서 있었다. 몸에는 새까만 양복이라는 걸 걸치고 은 복숭아를 달았는데 손에는 아큐가 이미 가르침을 받은 적이 있는 지팡이를 짚고 있었다. 한 자 남짓 자란 변발을 풀어 어깨까지 늘어뜨리고 봉두난발을 한 모습이 류해선인劉海仙人[34] 같았다. 맞은편에 꼿꼿하게 서 있는 자오바이옌과 세 명의 한량패들은 한참 그의 연설을 경청하고 있었다.

아큐는 조용히 다가가서 자오바이옌 뒤에 섰

다. 말을 걸어보고 싶었지만 무슨 말을 해야 좋을지 몰랐다. 가짜 양놈이라 불러서는 안 될 일이었다. 양코배기도 적당치 않았다. 혁명당도 마찬가지였다. 양선생洋先生이라 불러야 마땅했다.

양선생은 오히려 그를 보지 못했다. 마침 눈을 희번덕거리며 한참 연설에 빠져 있었기 때문이었다.

"나는 성질이 급해 우리가 만나면 이렇게 말했어. 홍洪 형!35 우리 시작합시다! 하지만 그는 늘 No라고 말했지.―이건 서양 말이라 너희들은 못 알아들어. 그렇지 않았다면 이미 성공했을 거야. 하지만 이거야말로 그가 일을 신중하게 하는 대목이지. 그는 재삼재사 나에게 후베이湖北로 와달라고 부탁했지만 나는 아직 답을 하지 않았어. 누가 그런 자그마한 현성縣城에서 일하기를 원하겠나……"

"저, ……그런데……"

아큐는 그의 말이 약간 멈추기를 기다렸다가

마침내 어렵게 용기를 내서 입을 열었다. 하지만 무슨 이유 때문인지 양선생이라는 말은 하지 못했다.

이야기를 듣고 있던 네 사람도 놀라 그를 돌아보았다. 양선생도 비로소 그를 보고 말했다.

"뭐야?"

"제가……"

"나가!"

"저도 참여……"

"꺼지라구!"

양선생은 상주 지팡이를 치켜들었다.

자오바이옌과 한량패도 모두 소리 질렀다.

"선생님께서 꺼지시라잖아. 말귀를 못 알아들어!"

아큐는 손으로 머리를 가리고 자기도 모르는 사이 문밖으로 달아났다. 양선생은 쫓아오지는 않았다. 60여 보 정도를 내달린 뒤에야 천천히 걸었다. 마음속에서 슬픔이 용솟음쳤다. 양선생이 혁명을 허락하지 않으면 다른 길은 없었다. 이제부터 흰 투구에 흰 갑옷을 입은 사람이 그를 부르러 오는 일은 결코 기대할 수 없었다. 그가 품었던 포부와 지향, 희망, 앞날은 모두 사라져 버렸다. 한량패들이 소문을 내 샤오D나 왕 털보 등의 무리에게 비웃음을 사는 일은 오히려 부차적인 일이었다.

이런 무료함은 이제껏 경험해 보지 못했다. 그는 말아 올린 변발로 인해 무의미하고 모멸스러운 느낌이 들었다. 이에 대한 분풀이로 즉시 변발을 풀어버리고 싶었지만 결국 그렇게 하지는 못했다. 그는 한밤중까지 돌아다녔다. 외상 술 두 잔이 뱃속으로 들어가자 점점 기분이 좋아졌다. 흰 투구와 흰 갑옷의 파편들이 머릿속에 다시 나타났다.

하루는 여느 때처럼 밤늦도록 헤매고 다니다 주점 문이 닫힐 즈음에 사당으로 돌아왔다.

펑, 우르르!

갑자기 이상한 소리가 들렸다. 폭죽 소리는 아니었다. 아큐는 본래 시끌벅적한 것을 좋아하고 참견하기를 좋아했으므로 어둠 속으로 달려갔다. 앞쪽에서 발걸음 소리가 들리는 듯했다. 그가 막 귀 기울이고 있는데, 갑자기 맞은편에서 한 사람이 도망쳐 왔다. 아큐는 그걸 보고 재빨리 몸을 돌려 따라서 도망쳤다. 그 사람이 모퉁이를 돌면 아큐도 모퉁이를 돌고 그 사람이 멈추어 서면 아큐도 멈추어 섰다. 그가 뒤를 돌아보았지만 아무것도 없었다. 그 사람은 바로 샤오D였다.

"뭐야?"

아큐는 언짢아졌다.

"자오…… 자오 씨 댁이 당했어!"

샤오D는 숨을 몰아쉬며 말했다.

아큐는 심장이 쿵쾅거렸다. 샤오D는 말하자마자 가버렸다. 아큐는 두세 번 정도 도망치다 멈추고 도망치다 멈췄다. 하지만 그는 '이 바닥

장사'를 해본 적이 있는지라 각별히 담이 컸다. 그래서 길모퉁이에서 기어 나와 귀를 기울였다. 왁자지껄한 소리가 들리는 듯했다. 자세히 보니 흰 투구와 흰 갑옷을 입은 사람들이 무수히 많았다. 연이어 상자며 가구를 들어내고 수재 마누라의 닝보식 침상도 들어냈다. 하지만 [멀리서 보자니] 분명하지 않아서 앞으로 다가서고 싶었지만 둘 발이 떨어지지 않았다.

그날 밤은 달도 없었다. 웨이좡은 어둠 속에서 매우 고요했다. 마치 복희씨伏義氏 시대처럼 태평했다. 아큐는 선 채로 싫증 날 때까지 바라보았다. 저쪽에선 아까처럼 왔다 갔다 하면서 나르고 있었다. 상자도 들어내고, 가구도 들어내고, 수재 마누라의 닝보식 침상도 들어내고, ……자기 눈을 믿을 수 없을 정도로 들어내고 있었다. 하지만 그는 더 이상 앞으로 나가지 않으리라 결심하고 사당으로 돌아왔다.

마을 사당 안은 더 컴컴했다. 그는 대문을 잘

잠그고 더듬거리며 자기 방으로 들어갔다. 잠시 누워 있으니 정신이 들었다. 자신에게 생각이 미쳤다. 흰 투구와 흰 갑옷을 입은 사람들이 온 것은 분명한데, 자기를 부르러 오지도 않았고, 많은 물건을 옮기면서도 자기 몫은 없었다. ……이건 순전히 가증스러운 가짜 양놈이 반란을 허락하지 않았기 때문이었다. 그렇지 않았다면 이번 일에 어찌 내 몫이 없단 말인가? 아큐는 생각할수록 화가 났다. 마침내 열불이 나서 독하게 고개를 끄덕였다.

'나는 반란을 허락하지 않고, 네놈만 반란을 해? 빌어먹을 가짜 양놈…… 좋아, 반란을 해보라구! 반란은 목이 잘리는 죄목이야. 내 어떻게든 고소해서 네놈이 현에 잡혀가서 목이 달아나는 꼴을 봐야지. ……온 집안이 다 잘리는 거야…… 싹둑! 싹둑!'

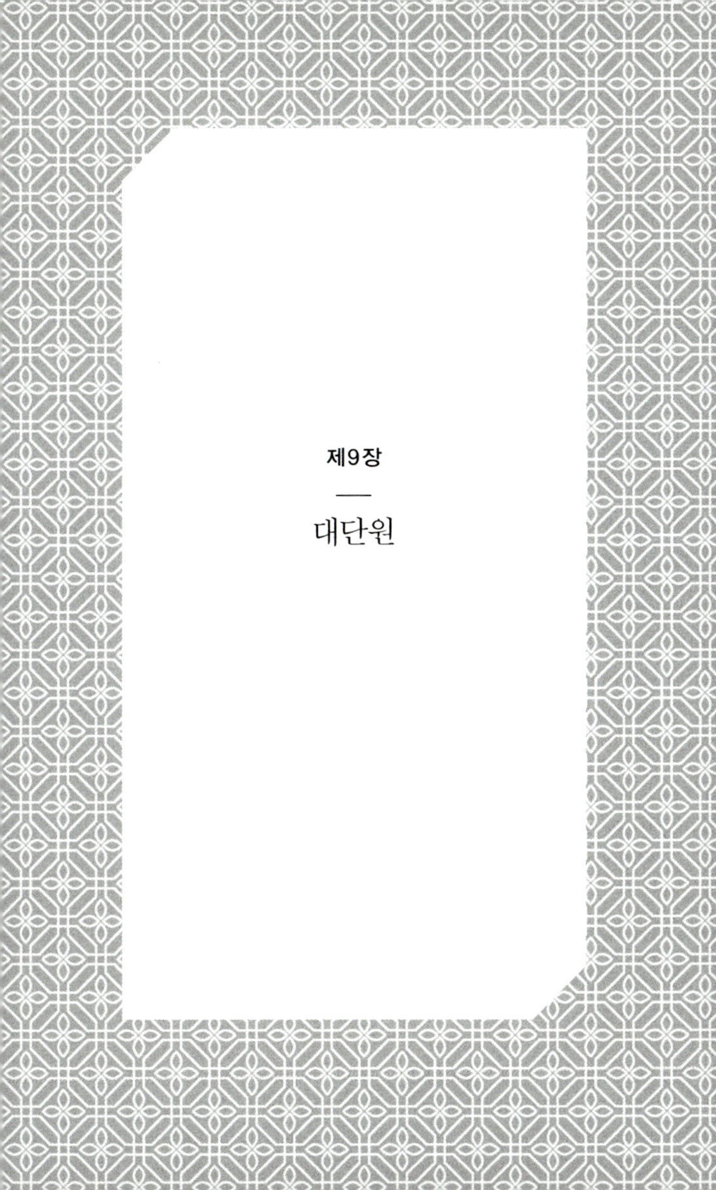

제9장

———

대단원

Q

자오 씨 댁이 털린 뒤, 웨이좡 사람들은 통쾌해하면서도 두려웠다. 아큐 역시 통쾌하면서도 두려웠다. 하지만 나흘 뒤 아큐는 한밤중에 갑자기 붙잡혀서 현성으로 끌려갔다. 그때는 마침 캄캄한 밤이었다. 한 무리의 병사와 자경단, 경찰, 그리고 다섯 명의 정탐꾼이 몰래 웨이좡에 도착했다. 어둠을 틈타 마을 사당을 포위하고 문 앞에 기관총을 설치했다. 그러나 아큐는 뛰쳐나오지 않았다. 한참이 지나도 아무런 동정이 없었다. 대장은 초조해졌다. 스무 냥의 현상금을 걸자 비로소 두 명의 자경단원이 위험을 무릅쓰고 담장을 넘었다. 안팎으로 합세하여 일시에 밀고 들어가 아큐를 끌어냈다. 사당 밖의 기관총 부근에 끌려와서야 그는 정신이 조금 돌아왔다.

현성에 도착했을 때는 벌써 정오였다. 아큐는 자신이 낡은 관청 문으로 끌려들어가 대여섯 번을 돌아 조그마한 방에 처박혔다는 것을 알았다. 그가 비틀거리는 순간 통나무로 짠 목책의 문이 그의 발꿈치를 따라오듯 덜컥 잠겼다. 목책 이외의 나머지 삼면은 모두 벽이었다. 자세히 보니 방 귀퉁이에 두 사람이 더 있었다.

아큐는 조금 불안했지만, 오히려 그다지 불편하지는 않았다. 사당의 침실도 이 방보다 더 밝지는 않았기 때문이다. 그 두 사람도 시골 사람들인 모양인데, 차츰 그와 말을 섞기 시작했다. 한 사람은 할아버지 대에 밀린 묵은 소작료 때문에 거인 나리에게 고발당한 것이었다. 또 한 사람은 무슨 일 때문인지 모른다고 했다. 그들은

아큐에게 물었다. 아큐는 대수롭지 않은 듯 대답
했다.

"반란을 좀 했지."

아큐는 오후에 목책 문밖으로 끌려 나갔다. 대
청에 들어가니 위쪽에 까까머리 영감이 앉아 있
었다. 아큐는 그가 중이 아닌지 의심했지만, 아
래쪽에는 병사들이 늘어서 있고, 양쪽에는 십여
명의 긴 두루마기를 입은 이들이 서 있는 게 보
였다. 영감처럼 까까머리인 이도 있었고, 가짜
양놈처럼 한 자 남짓한 머리를 등 뒤로 늘어뜨린
이도 있었는데, 하나같이 험상궂은 얼굴로 아큐
를 노려보고 있었다. 아큐는 이 사람에게 분명히
무슨 내력이 있으리라는 사실을 알았다. 그 즉시
자연스럽게 무릎 관절이 풀려 그 자리에 꿇어앉
았다.

"일어서! 꿇어앉으면 안 돼!"

긴 두루마기를 입은 인물들이 모두 호통을
쳤다.

아큐는 그 말을 알아들었지만 도저히 서 있을
수 없어 자기 몸을 못 가누고 무너져 내려 끝내
꿇어앉고 말았다.

"노예근성……!"

긴 두루마기를 입은 인물이 다시 경멸하듯 말
했지만 일어서라는 말은 하지 않았다.

"네 놈이 사실대로만 말한다면 고생은 면할
게다. 나는 진즉에 알고 있다. 다 불면 너를 풀어
주마."

까까머리 늙은이는 아큐의 얼굴을 빤히 쳐다
보며 차분하면서도 분명하게 말했다.

"불어라!"

긴 두루마기를 입은 인물도 큰 소리로 말했다.

"저는 원래…… (혁명당에) 들어가려고……"

아큐는 잠시 어물어물 생각하다가 비로소 더
듬거리며 말했다.

"그렇다면 왜 오지 않았느냐?"

늙은이가 부드럽게 물었다.

"가짜 양놈이 허락하지 않아서."

"허튼소리! 이제 그렇게 말해도 이미 늦었어. 지금 네 패거리는 어디에 있느냐?"

"무슨?……"

"그날 밤 자오 씨 댁을 턴 놈들 말이다."

"그 사람들은 저를 부르러 오지 않았습니다. 자기들끼리 가져가 버렸습니다요."

아큐는 이에 생각이 미치자 화가 났다.

"어디로 달아났지? 말하면 풀어준다."

늙은이는 더 부드러워졌다.

"저는 모릅니다. ……그 사람들이 저를 부르러 오지 않아서……"

늙은이가 눈짓을 하자 아큐는 다시 목책 문 안으로 끌려 들어갔다. 두 번째로 목책 문에서 끌려 나온 것은 다음 날 오전이었다.

대청의 정경은 모두 어제와 같았다. 위쪽에는 여전히 까까머리 늙은이가 앉아 있었고, 아큐도 여전히 꿇어앉았다.

늙은이가 부드럽게 물었다.

"무슨 할 말이라도 있느냐?"

아큐는 잠시 생각해 보았지만 할 말이 없어서 바로 대답했다.

"없습니다요."

그러자 긴 두루마기를 입은 인물이 종이 한 장을 가져와서는 아큐의 면전에 붓을 내밀어 그의 손에 쥐여주었다. 그 순간 아큐는 몹시 놀라 거의 '혼비백산'할 지경이었다. 그의 손이 붓과 관계를 맺은 게 이번이 처음이었기 때문이었다. 그가 어떻게 쥐어야 할지 몰라 하자, 그 사람이 한 곳을 가리키며 서명을 하라고 했다.

"저…… 저……는 까막눈입니다요."

아큐는 붓을 움켜쥐고 황망해하며 부끄러운 듯 말했다.

"그러면 네 멋대로 동그라미를 하나 그리도록 해라!"

아큐는 동그라미를 그리려 했지만 붓을 잡은

손이 덜덜 떨렸다. 그러자 그 사람이 종이를 땅바닥에 펴주었다. 아큐는 엎드려서 평생의 힘을 다해 동그라미를 그렸다. 남들에게 웃음거리가 되지 않기 위해 동그랗게 그리려 했지만, 밉살맞은 붓은 무거운 데다 말을 듣지 않았다. 막 떨리는 손으로 출발선까지 왔을 때 붓이 바깥으로 삐치는 바람에 외씨瓜子 모양이 되고 말았다.

아큐가 제대로 그리지 못한 것을 부끄러워하고 있는데, 그 사람은 아랑곳하지 않고 종이와 붓을 가져가 버렸다. 여러 사람들이 그를 다시 목책 문 안으로 밀어 넣었다.

두 번째로 목책 문 안에 들어갔어도 그다지 걱정이 되지 않았다. 아큐는 생각했다. 사람이 한 세상 살다 보면 때로는 감옥에 들락거릴 일도 있을 것이고, 때로는 종이 위에 동그라미를 그릴 일도 있는 법이다. 다만 동그라미를 동그랗게 그리지 못한 것이 그의 '행장行狀'에 하나의 오점일 따름이었다. 하지만 곧 마음이 풀렸다. 그는 손자 대가 되면 동그라미를 아주 둥글게 잘 그릴 것이라 생각했다. 그리고는 이내 잠들었다.

그러나 그날 밤 거인 나리는 도리어 잠을 이룰 수 없었다. 그는 부대장과 심기가 틀어졌던 것이다. 거인 나리는 장물을 찾는 게 제일 급한 일이라고 주장했던 반면에 부대장은 본때를 보여주는 게 급선무라고 주장했다. 부대장은 요즘 들어 거인 나리를 그다지 안중에 두지 않고 있었기에 책상을 두드리고 의자를 걸어차며 말했다.

"일벌백계라구요! 이보시오. 내가 혁명당이 된 지 20일도 안 됐는데, 약탈 사건이 10여 건이 넘었지만 모두 해결이 되고 있지 않으니 내 체면이 뭐가 되겠소? 기껏 해결을 해놓으니, 당신은 또 엄한 소리를 해대니. 안 되겠소! 이건 내 관할이오!"

거인 나리는 궁지에 몰려 급박했으나 꿋꿋하게 자기주장을 견지하며 말했다. 만약 장물을 찾지 않으면 즉각 민정에 협조하는 직무를 사임하겠다고. 하지만 부대장은 도리어 이렇게 말했다.

"마음대로 하시구려!"

그래서 거인 나리는 그날 밤 잠을 이루지 못했던 것이다. 그러나 다행히도 그다음 날 사임은 하지 않았다.

아큐가 세 번째로 목책 문에서 끌려 나온 것은 거인 나리가 잠을 이루지 못한 그 밤의 다음 날 오전이었다. 그가 대청에 이르자 위쪽에는 여전히 까까머리 늙은이가 그대로 앉아 있었다. 아큐 역시 하던 대로 꿇어앉았다.

늙은이가 매우 부드럽게 물었다.

"무슨 할 말이라도 있느냐?"

아큐는 생각해 보았지만 할 말이 없어서 곧 대답했다.

"없습니다요."

긴 두루마기를 입은 이들과 짧은 옷을 입은 사람들이 갑자기 그에게 검은 글씨가 씌어 있는 하얀 조끼를 입혔다. 아큐는 기분이 몹시 상했다.

이렇게 하니 상복을 입은 것 같았고, 상복을 입는다는 것은 재수가 없는 일이었기 때문이었다. 이와 동시에 그의 두 손이 뒤로 포박을 당했고, 동시에 관청 문밖으로 끌려 나갔다.

아큐는 포장이 없는 수레에 태워졌다. 짧은 옷을 입은 몇 사람이 그와 한자리에 앉았다. 수레는 즉시 움직였다. 앞에는 총을 멘 병사들과 자경단원들이 있었고, 양쪽에는 입을 헤벌리고 있는 수많은 구경꾼들이 있었다. 뒤쪽이 어떤지는 아큐는 돌아보지 않았다. 하지만 아큐는 갑자기 깨달았다. 이거 목 자르러 가는 거 아냐? 그는 일시 마음이 조급해져 눈앞이 캄캄하고 귓속이 멍해지면서 정신이 아득해졌다. 그러나 정신을 완전히 잃은 것은 아니었다. 때로는 조급해졌다가 때로는 오히려 태연해졌다. 사람이 한세상 살아가다 보면 때로 목이 잘릴 수도 있다는 생각이 들었다.

그 와중에도 그는 길을 알아볼 수 있었다. 그

래서 조금 의아했다. 왜 형장으로 가지 않는 거지? 그는 이게 거리를 돌아다니며 조리돌림 하는 거라는 사실을 몰랐다. 설사 알았더라도 마찬가지였을 것이다. 그는 사람이 한세상 살아감 어떤 때는 거리를 돌아다니며 조리돌림을 당할 수도 있는 거라고 여겼을 테니.

그는 깨달았다. 이것은 형장으로 우회해서 가는 길이다. 이것은 틀림없이 "싹둑" 목이 잘리는 일이다. 그가 망연한 눈빛으로 좌우를 둘러보니 사람들이 개미 떼같이 따라왔다. 뜻밖에도 길가의 사람들 무리 속에서 우 씨 어멈을 발견했다. 아주 오랜만이었다. 그녀는 성안에서 일하고 있었던 것이다. 아큐는 갑자기 기개가 없어 노래 몇 소절 부르지 못하는 자신이 몹시 부끄러웠다. 생각이 회오리바람처럼 뇌리에서 맴돌았다. 〈청상과부 성묘 가네〉는 위풍당당함이 결여되었고, 〈용호상박〉 중의 "후회한들……" 역시 너무 진부했다. 차라리 "쇠 채찍을 움켜쥐고 너를 후려치리라!"가 제격이었다. 그래서 그는 손을 치켜 들려 했지만, 그제야 두 손이 묶여 있다는 사실을 기억해 냈다. 그래서 "쇠 채찍을 움켜쥐고"도 부르지 못했다.

"이십 년이 지나 또 한 사람……"

아큐는 황망한 가운데 "스승 없이 스스로 통달한" 듯 한 번도 입 밖에 내보지 못한 말이 튀어 나왔다.

"잘한다!"

군중 속에서 늑대의 울부짖음 같은 소리가 들려왔다.

수레는 쉼 없이 앞으로 나아갔다. 아큐는 갈채 속에서 눈알을 굴려 우 씨 어멈을 찾았다. 그녀는 그를 보지 않고 오히려 병사들이 메고 있는 총에 정신을 빼앗긴 듯했다.

아큐는 갈채를 보내고 있는 사람들을 다시 바라보았다.

그 찰나의 순간에 그의 생각은 다시 회오리바

람처럼 뇌리에 일었다. 4년 전 그는 일찍이 산기슭에서 굶주린 늑대 한 마리와 우연히 마주친 적이 있었다. 늑대는 가깝지도 멀지도 않은 간격을 유지하며 영원히 그의 뒤를 따르며 그의 고기를 먹으려 했다. 그는 그때 무서워서 거의 죽을 뻔했다. 다행히 손에 도끼 한 자루를 들고 있어 그것에 의지해 담이 세어져 간신히 웨이좡까지 왔었다. 그러나 그 늑대의 눈은 영원히 기억에 남았다. 흉측하면서도 겁을 먹은 듯 도깨비불처럼 번득이는 두 눈빛이 멀리서도 그의 살가죽을 꿰뚫을 듯했다. 그런데 이번에 그는 이제껏 보지 못했던 더 무서운 눈을 다시 보고야 말았다. 그것은 둔하면서도 예리해서 그의 말을 이미 씹어 먹었을 뿐 아니라, 그의 살가죽 이외의 것들을 씹어 먹으려 했다. 영원히 멀지도 가깝지도 않게 그를 따라오며.

그 눈알들이 한데 뭉쳐졌나 싶더니, 거기서 벌써 그의 영혼을 물어뜯었다.

"사람 살려, ……"

하지만 아큐는 입을 열 수 없었다. 그는 이미 눈앞이 캄캄해지고 귓속이 멍해지더니, 온몸이 먼지같이 흩어져 버린 듯한 느낌이 들었다.

당시의 영향으로 말하자면, 가장 크게 받은 이는 오히려 거인 나리였다. 끝내 장물을 찾지 못해 온 집안이 울고불고 난리가 났기 때문이었다. 그 다음은 자오 씨 댁이었다. 수재가 성안으로 고소하러 갔다가 못된 혁명당에게 걸려 변발을 잘렸을 뿐 아니라 스무 냥의 포상금을 뜯겨 역시 온 집안이 울고불고 난리가 났다. 그날 이후로 그들은 모두 점점 망국의 신하 같은 기색을 띠었다.

여론으로 말하자면, 웨이좡에서는 이의가 없었는데, 당연하게도 모두 아큐가 나쁘다고 말했다. 총살을 당한 것이 그가 나쁘다는 증거였다. 나쁘지 않다면 총살당하는 데까지 가지 않았을 것 아닌가? 성안의 여론은 오히려 좋지 않았다. 그들은 대부분 만족스럽지 못했다. 총살은 목을 자르는 것만큼 보기 좋지 않았다. 무엇보다 어떻게 되어먹었는지 그 웃기는 사형수라는 놈은 그렇게 오래도록 거리를 끌려다니면서도 끝내 노래 한 구절 뽑지 못했다. 그들은 공연히 헛걸음만 했던 것이다.

1921년 12월

현대 중국인의 슬픈 자화상—《아큐정전》

철로 만든 방에서의 외침

근대로 접어들던 시기 혼란 속에서 살아가던 젊은이들 가운데 자신보다 못한 사람들에 대한 연민의 마음을 품었던 이들이 있었다. 그들이 암울한 현실을 타파하기 위해 제시한 해법 가운데 하나가 의학이었다. 그들이 접했던 서구의 우월한 문물 가운데 선진 의학이야말로 도탄에 빠진 민중들의 육신의 고통을 덜어줄 희망의 등불이었던 것이다. 그래서 당시 의사가 되겠다고 나

선 이들이 제법 많았다. 우리의 역사를 돌아보더라도 서재필이 그러했고, 흔히 중국의 국부國父라 일컬어지는 혁명가 쑨원孫文도 그 시작은 의학 공부였다. 그들과 같은 생각으로 의학을 공부하기 위해 일본으로 건너간 젊은 청년이 있었다. 그의 아버지는 제대로 치료도 받아보지 못하고 돌아가셨기 때문에 이에 대해 한을 품고 있던 젊은 청년은 그 나름의 꿈을 안고 있었다. "졸업하고 귀국하면 나의 아버지처럼 잘못된 치료를 받고 있는 환자의 고통을 덜어주리라. 또 전쟁이 일어나면 군의軍醫가 되고, 한편으로는 국민들에게 유신의 신앙을 촉진시켜 주리라."

그러나 의학전문학교 재학 중 환등기를 이용해 미생물의 형태를 보여주는 수업시간에 우연히 보게 된 사진 몇 장이 그의 진로를 완전히 바꿔놓았다.

"미생물학을 가르치는 방법이 지금은 얼마나

진보했는지 모르겠지만, 아무튼 당시는 환등기를 이용해서 미생물의 형상을 보여주었다. 그래서 때로 강의 내용이 끝나고서도 시간이 남을 때는 선생이 풍경이나 시사적인 필름을 학생들에게 보여주는 것으로 남은 시간을 때우곤 했다. 그때는 바야흐로 러일전쟁 중이어서 당연하게도 전쟁에 관한 필름이 비교적 많았다. 나는 그 교실에서 항상 동급생들의 박수와 갈채에 동조해야만 했다. 한번은 갑작스럽게 화면에서 오래전에 헤어졌던 수많은 중국인들을 만나게 되었다. 중간에 한 사람이 묶여 있고, 그 주위로 많은 사람들이 서 있었다. 하나같이 건장한 체격이었지만, 멍청한 기색을 드러내고 있었다. 해설에 의하면, 묶여 있는 이는 러시아를 위해 군사 기밀을 정탐한 자로 일본군이 그의 목을 베어 조리돌림 거리로 삼을 것이라고 했다. 그를 둘러싼 이들은 조리돌림 거리로 삼을 이 장거를 감상하러 온 사람들이었다."《외침》〈자서〉

이 일을 계기로 젊은이는 의학 공부를 때려치우고 학교를 떠나 도쿄東京로 나와버렸다. 그것은 "그 필름을 한번 본 뒤로는 의학이란 것이 그다지 중요하지 않은 것이라고 여겨졌기 때문이었다. 무릇 어리석고 약한 국민은 체격이 제아무리 건장하고 튼튼하다 하더라도 하잘것없는 본보기의 재료나 관객밖에는 될 수 없었"던 것이다. 고민 끝에 그가 도달한 결론은 "그들의 정신상태를 뜯어고치는 것"이었고, "정신상태를 뜯어고치는 데 가장 좋은 것은 당시에는 당연히 문예文藝를 들어야 한다고 생각되었다."

하지만 그가 마주한 현실은 만만하지 않아 몇 차례의 실패와 좌절을 겪은 끝에 일본에서 중국으로 돌아와 무료하게 적막한 시간을 보내고 있었다. 그런 그를 찾아온 친구가 그에게 글쓰기를 권하자 그는 다음과 같이 말했다.

"가령 말이네. 쇠로 만든 방이 한 칸 있다고 치

세, 여기엔 창문도 없고 절대 부술 수도 없어. 그 안에는 많은 사람들이 깊이 잠들어 있네. 그대로 두면 머지않아 숨이 막혀 죽을 거야. 하지만 깊이 잠들다 죽어갈 테니 무슨 죽음의 비애 같은 건 느끼지 못하겠지. 그런데 지금 자네가 큰소리를 질러 비교적 의식이 있는 몇 사람을 깨운다고 하세. 그러면 이 불행한 몇 사람은 가망 없는 임종의 고통을 느끼게 될 텐데, 그렇게 되면 자넨 그 사람들에게 미안하지 않겠나?"《외침》〈자서〉

그 친구의 대답은 단호했다.

"하지만 기왕에 몇 사람이라도 깨어나면 그 쇠로 만든 방을 깨부술 희망이 절대 없다고는 말할 수 없지 않은가?"

결국 그는 친구에게 글을 쓰겠노라고 응답할 수밖에 없었다. 그렇게 해서 나온 소설이 그의 데뷔작이라 할 수 있는 〈광인일기(狂人日記)〉이고, 이것을 시작으로 젊은 청년은 현대 중국의 대표적인 작가의 반열에 오르게 된다. 결국 애당초의 꿈대로 사람들의 육체의 병은 치료할 수 없었지만, 정신을 깨우기 위해 "크게 소리치며(吶喊)" 작가의 길로 들어섰던 그는 본명이 저우수런周樹人이었던 루쉰魯迅이었다.

아큐, 전형적 환경에서의 전형적 인물

의학 공부를 때려치우고 고향인 사오싱紹興으로 돌아온 루쉰은 밥벌이를 위해 잠시 초급사범학교 교장이 되었다. 당시 그 학교 학생이었던 쑨푸위안孫伏園은 다음과 같이 그를 기억했다.

"그때 학생들이 새로운 교장을 환영하던 태도는 새로운 나라를 환영하는 태도와 완전히 똑같았다. 그 뜨거운 감정은 내 기억 속에 아직도 또

렷하게 남아 있다. 루쉰 선생은 때로 교사를 대신
하여 당신이 직접 강의하기도 했고, 국어 교사를
대신하여 문장을 수정·평가해주기도 했다. 학
생들은 루쉰 선생에게서 어느 정도 사상적인 가
르침을 받고 있었으므로, 선생의 문장은 자연스
럽게 널리 퍼져나갔다. 선생의 목적은 대략 젊은
이들의 용기를 북돋아 일으키는 데 있었다고 할
수 있다."

그러나 사오싱에 주둔한 군벌과 사이가 좋지
않았던 루쉰은 어쩔 수 없이 사오싱을 떠나야 했
는데, 당시 난징에 세워졌던 중화민국 임시정부
에서 교육총장(곧 교육부 장관)을 맡고 있던 차이
위안페이蔡元培가 루쉰을 불러 난징南京으로 갔
다. 난징은 그가 좀 더 젊었을 때 고향을 떠나 처
음으로 유학했던 곳으로, 당시 이곳은 국내외의
자유로운 사상 조류에 대해 열려 있는 도시였다.
하물며 이제 막 봉건 왕조가 와해되고 새롭게 중

화민국이 세워졌던 당시임에랴. 하지만 현실은 그리 녹록치 않았다. 비록 새로운 희망이 보이는 듯했지만, 그 희망은 이내 절망이 되어버렸다.

한평생 혁명에 헌신했지만 정작 국내에는 자신의 세력이 미미했던 쑨원을 대신해 위안스카이袁世凱가 총통이 되자 자신의 근거지인 베이징에서 정부를 조직했다. 이에 따라 난징 정부에서 일을 보던 관원들 역시 베이징으로 옮겨 갔고, 루쉰 역시 1912년 5월에 베이징으로 가서 계속 교육부 일을 보았다. 그러다 총통의 자리에 만족하지 않고 황제가 되기 위해 온갖 무리수를 쓰던 위안스카이가 병사한 뒤 각지의 군벌들은 때를 만났다는 듯 끊임없이 정치 투쟁과 전투를 이어 나갔다. 중국 인민들은 자연재해와 전쟁의 재앙, 그리고 가혹한 정치 속에서 고통으로 신음할 수밖에 없었던 것이다.

이런 현실 속에서 방황하던 루쉰이 하나의 돌파구로 삼았던 것이 글쓰기였고 그 첫 번째 작품이 〈광인일기〉였다. 이 소설은 나오자마자 아주 커다란 반향을 불러일으켰고, 이에 고무된 루쉰은 잇달아 작품을 발표했다.

이때쯤 루쉰의 제자였던 쑨푸위안은 베이징에서 발간되는 《신보晨報》의 편집을 맡고 있었다. 쑨푸위안은 스승인 루쉰에게 정기적으로 연재할 수 있는 글을 부탁했고, 그의 제안을 받아들여 루쉰은 1921년 12월 4일 자 신문에 소설 〈아큐정전〉의 첫째 장을 실었다. 루쉰의 대표작이자 중국현대문학사에서 중요한 위치를 차지하고 있는 이 소설은 이렇게 시작되었다. 하지만 실제로 루쉰이 이 소설을 구상한 것은 그 이전으로 거슬러 올라가는데, 이 점에 대해서 루쉰은 "아큐의 형상은 이미 내 마음 깊은 곳에서 몇 년 동안 자리 잡고 있었던 것 같다"고 말한 바 있다. 그런 까닭에 "아큐를 위해 정전을 써야겠다고 생각한 것" 역시 "그저 겨우 한두 해가 된 것은 아니었다."

루쉰이 이 작품을 쓴 까닭은 이 소설을 통해 "우리 국민의 대체적인 약점을 폭로하고 싶었기" 때문이었다. 강대국에 의해 유린당하는 약소국의 지식인들은 항용 약육강식의 냉혹한 현실을 마주하고 '뛰어난 자는 이기고 그렇지 못한 자는 패할 수밖에 없는(優勝劣敗)' 현실 인식을 갖게 마련이다. 이것은 흔히 사회진화론자라 불리는 이들이 내세우는 역사발전의 법칙으로 루쉰 역시 초기에는 이러한 생각을 갖고 있었다.

문제는 이런 사회에 살고 있는 일반 민중들은 그런 현실 속에 살면서도 문제가 무엇인지조차 알지 못했고 알려고 하지도 않았다는 사실이다. 그런 사실을 잘 알고 있던 루쉰은 그 이름조차 분명하게 알 수 없는 시골 농촌의 무지렁이를 내세워 작품을 연재했다.

"아큐는 이름과 본관이 분명치 않을 뿐 아니라, 이전의 '행장行狀'조차 분명치 않다. 웨이좡 사람들에게 아큐는 그저 일을 시키거나 놀려먹는 대상이었을 뿐이니 무슨 '행장' 따위에 유념할 일이 없었던 것이다."〈아큐정전〉

아큐는 "일정한 직업도 없어 사람들에게 날품을 팔았다. 보리를 베라면 보리를 베고, 방아를 찧으라면 방아를 찧고, 배를 저으라면 배를 저었다." 한마디로 그 당시 중국 농촌에서 흔히 볼 수 있는 흔한 인물상이었던 것이다. 하지만 바로 그 이유 때문에 〈아큐정전〉이《신보》에 연재되는 동안 많은 사람들의 마음을 불편하게 만들었다. 〈아큐정전〉을 읽은 이들은 마치 아큐가 자기 자신의 이야기인 양 전율했던 것이다. 그런데 루쉰의 수많은 전기 작가 가운데 한 사람인 왕스징王士菁은 아큐의 모델에 대해 다음과 같이 말한 적이 있다.

신해혁명이 일어나기 전해에 루쉰이 사오싱

부 중학당에서 교편을 잡고 있을 때였다. 어느 날 루쉰이 집에 있는데 갑자기 옆집 량梁 씨네 허물어진 담장으로 웬 사람이 기어들어 오는 소리가 들렸다. 얼른 창문을 열고 보니 그 사람은 신 대문 동쪽 다이戴 씨 집 대문 안에 사는 셰아구이謝阿桂였다. 아구이와 그의 동생 아유阿有는 다이 씨 집 대문 안에서 살았는데 둘 다 방탕아였다. 생활이 구차하다 보니 아구이는 좀도둑이 되었다. 후에 집세를 물지 못하게 되자 주인집에서 쫓겨난 그는 갈 곳이 없어 헤매다가 창방구에서 북으로 얼마 멀지 않은 장경사 맞은편에 있는 토지 사당에 살게 되었다. 신해혁명이 발발하여 항저우가 먼저 광복되고 사오싱에서도 봉기를 준비하고 있을 때 그는 신이 나서 토지 사당에서 거리로 뛰어나와 큰 소리로 외쳤다.

"때가 왔소! 내일이면 우리에게는 집도 생기고 여편네도 생기게 되었소!"왕스징,《루쉰전》

물론 루쉰이 그 '아구이阿桂'를 단순하게 작품 속에 그려내지는 않았을 것이다. 루쉰 자신의 말대로 아큐는 "갖가지 인물을 다양하게 취하여 한데 모아놓은 것"이다(《이심집》〈북두 잡지사의 질문에 답함〉). 그런 과정을 통해 탄생한 아큐라는 인물 형상은 분명 한 알의 모래와 같은 하찮은 존재임에는 틀림없지만, 그런 하찮은 존재도 전체 세계와의 연관 속에서는 그 본질이 분명하게 드러날 수 있었던 것이다. 그래서 누군가는 말했다. "한 알의 모래로부터 하나의 세계를 바라볼 수 있다." 이것이 이른바 '전형적 환경에서의 전형적 인물'인 것이다.

위대한 정신 승리법

어디서나 찾아볼 수 있는 지극히 평범한 기층 민중이라 할 아큐라는 인물 형상을 통해 루쉰이 말하고자 했던 것은 무엇이었을까? 지배계층으로부터 온갖 핍박을 받으면서도 아둔하게 살아가는 당시 민중들을 루쉰이 일방적으로 긍정하고 옹호했던 것은 아니었다. 아큐와 같은 무지한 민중들에게 세계는 정확하게 양분되었다. 자기보다 센 놈들, 그렇지 않으면 약한 놈들. 그리고 이런 세계에서 살아나가는 방법은 센 놈에게는 비굴하게 빌붙고 약한 놈은 괴롭히는 것이었다.

아큐 주변의 사람들은 한시도 아큐를 가만 내버려 두지 않았다. 끊임없이 놀려대고 무시하며 심지어 완력까지 행사해 가며 그를 괴롭혔다.

건달들은 이에 그치지 않고 더 짓궂게 굴어 결국은 주먹다짐으로까지 나아갔다. 아큐는 형식적으로는 패해 누런 변발을 잡혀 벽에 머리를 몇 번 찧었다. 그러고 나서야 건달들은 만족한 듯 가버렸다. 아큐는 잠시 서서 마음속으로 생각했다.〈아큐정전〉

약이 오른 아큐는 그저 '내가 자식 놈에게 맞은 걸로 치자. 요즘 세상은 정말 꼴 같지 않아서……'라고 생각하고는 오히려 의기양양했다. '네까짓 것들이 다 무어냐?' 그렇게 생각하고 나면 마음이 유쾌해져 술집에 가서 술 몇 잔 마시고 자신이 거처하는 사당으로 돌아와 머리를 처박고 자면 그뿐인 것이다.

'정신 승리법'. 아큐가 주위 사람들로부터 끝없이 박해를 받으면서도 꿋꿋하게 살아갈 수 있었던 것은 바로 그만의 '정신 승리법'이 있었기 때문이었다.

하지만 그는 즉시 실패를 승리로 전환시켰다. 그는 오른손을 들어 뺨을 두 차례 때렸다. 얼얼한 통증이 왔다. 때리고 나니 마음이 편안해졌다. 때린 것은 자기이고, 맞은 것은 또 다른 자기인 듯 느껴졌다. 잠시 후 그는 마치 자기가 남을 때린 듯—비록 아직도 얼얼하긴 했지만—흡족해져 의기양양해 하며 드러누웠다.

그는 잠이 들었다.〈아큐정전〉

문제를 해결하기 위해서는 문제를 문제로 인식하는 것이 필요하다. 자신이 끌어안고 있는 문제를 외면하면 그 임시는 편할지 모르지만 자신을 괴롭히는 문제로부터 영원히 벗어날 수 없다. 문제를 문제로 바라보는 인식의 전환, 이것은 일견 쉬워 보이지만 두려운 것임에 틀림없다. '정신 승리법' 이외에 달리 현실을 타개할 아무런 수단도 능력도 갖고 있지 못한 이들을 위해 작가 루쉰이 할 수 있었던 것은 무엇이었을까?

청년들이여 나를 딛고 오르라

루쉰은 낡은 세대에 대한 희망을 거두고 일찍부터 젊은이들에게 시선을 돌렸다. 당시 중국 사회가 당면한 문제의 근원은 "사람이 사람을 잡아먹는" 봉건 예교에 있다고 주장하면서, 그는 피를 토하는 심정으로 아직 그런 낡은 사상에 물들지 않은 젊은이를 구해야 한다고 외쳤다.

"사람을 잡아먹어 본 적이 없는 아이들이 혹 아직도 있을는지? 아이들을 구해야 할 텐데……" 루쉰, 〈광인일기〉

젊은이들이야말로 중국을 병들게 한 봉건 예교에 물들지 않은 마지막 남은 보루였던 셈이다.

그는 새로운 생명의 성장을 방해하는 사람을 잡아먹는 낡은 사회와 낡은 예의 도덕을 반대하였다. 그는 '묵은 장부를 말끔히 지워버려라'고 호소하였다. 어떻게 없애버릴 것인가? 당시 루쉰은 반드시 '우리의 아이들을 완전히 해방시켜야 한다'(《열풍(熱風)》, 〈수감록(隨感錄) 40〉)고 인식하였다. 루쉰은 자신의 잡문에서 봉건가족제도

와 매매혼인과 강제혼인제도를 완강하게 반대하
고 새롭고 합리적인 가정과 혼인과 연애의 자유
를 주장하였다. 미신을 반대하고 과학을 제창하
였으며 낡은 문화를 반대하였고 새 문화를 제창
하였다.왕스징,《루쉰전》

그러나 당면한 현실에 절망하는 것만큼이나
미래에 대한 희망을 갖는다는 것 역시 얼마나
두렵고 부질없는 일인가? 그럼에도 루쉰은 청
년들에 대한 기대를 접지 않고 온몸으로 그들을
사랑했다. 아울러 자기 자신을 미래로 나아가는
디딤돌로 자임하고 기꺼이 그 소임을 다하고자
하였다.

…… 나를 사닥다리라고 한 말은 극히 지당합
니다. 여기에 대해서 나도 심사숙고해 보았습니
다. 만일 젊은 후진들이 정말 사닥다리를 밟고 더
높이 오를 수만 있다면 우리들이야 밟히운들 원

한이 있겠습니까. 중국에서 사닥다리가 될 사람은 나를 제외하고는 사실 몇 명 없는 것 같습니다. 〈청년들아 나를 딛고 오르거라〉

하지만 그 일마저도 뜻대로 되지 않아 루쉰은 이내 실망하고 만다. 세상 모든 일이 쉬운 일이 어디 있으랴마는 거듭된 좌절에도 루쉰은 희망을 버리지는 않았다. 오히려 그럴수록 더 전투적인 자세로 자기에게 쏟아지는 온갖 비난과 인신공격에 맞서 싸웠다.

……회의장에 나가서 빼곡히 모여 앉은 상하이의 혁명 작가들을 둘러보니 모두다 '볼품없는' 사람들이었습니다. 그리하여 소인은 어쩔 수 없이 젊은이들을 위해 사닥다리가 될 각오를 하였으나 그들이 사닥다리를 밟고 오를 것 같지 않습니다. 〈청년들아 나를 딛고 오르거라〉

문제는 오히려 다른 데 있었던 것이다. 루쉰이 자신의 건강을 갉아먹으며까지 옹호하고 지켜주려 했던 수많은 아큐들은 여전히 몽매한 가운데 오히려 루쉰의 발목을 잡고 있는 형국이라니…… 결국 문제의 해결은 다른 데 있는 것일까? '철로 만든 방'에서 질식해 죽어가는 사람들이 사실은 의식이 없는 게 아니라 교활하게 서로의 눈치만 살피면서 자기에게 유리한 때를 기다리고 있는 것은 아니었을까? 아니 아예 '철로 만든 방'이라는 것 자체가 잘못된 전제는 아니었을까?

자기 부정으로서의 근대

이런 식으로 애당초 전제가 잘못된 것이었다면, 루쉰이 잠들어 죽어가는 이들을 깨우기 위해 기울였던 수많은 노력들 역시 어쩌면 헛수고였는지도 모른다. '몽매한 이들을 깨우치려(啓蒙)'

한 사람들의 문제는 말에게 물을 먹이기 위해 말을 물가로 끌고 갈 수는 있지만, 결국 물을 마시는 것은 말 자신이라는 사실을 잊는다는 것이다. 결국 변화를 이끌어내는 것은 외부의 힘보다도 자기 자신의 각성일 터. '나를 둘러싼 세계를 변화시키려면 나부터 변해야 한다'는 자각이야말로 모든 변화의 시작이다.

쑨원을 비롯한 몇몇 사람들에 의해 2천 년 넘게 지속되어 온 봉건 왕조가 타파되었지만, 그렇다고 당장 새로운 무엇이 그것을 대체한 것도 아니었다. 신해혁명 후 여러 우여곡절을 겪으면서 그러한 사실을 간파한 쑨원 역시 눈을 감을 때 "혁명은 아직 완성되지 않았다(革命尙未完)"고 말했던 것이다. 많은 중국인들이 아큐처럼 아무런 준비 없이 혁명을 마주하고 그 소용돌이 속으로 휩쓸려 갔다.

아큐의 귀에도 혁명당이라는 말이 진즉부터

들려왔다. 금년에는 또 직접 혁명당을 죽이는 걸 본 적도 있었다. 하지만 그는 어디서 든 생각인지는 몰라도, 혁명당은 반란이고 반란은 그에게 고난이 되므로, 줄곧 이를 "통절히 증오하고" 있었다. 그런데 뜻밖에도 인근 백 리에 걸쳐 이름이 뜨르르한 거인 나리께서도 저렇듯 두려워한다니 그로서는 '신명'이 나지 않을 수 없었다. 하물며 웨이좡의 일군의 눈꼴사나운 것들이 허둥대는 꼴은 아큐를 더욱 더 유쾌하게 만들었다.

'혁명이란 것도 괜찮구나.' 〈아큐정전〉

이것이 신해혁명 당시 일반적인 민중들의 혁명에 대한 생각일지도 모른다. 그렇기 때문에 혹자는 "우리가 읽어온 〈아큐정전〉은 바로 신해혁명의 씁쓸한 풍자화"라 주장하기도 했다(이상수, 《아큐를 위한 변명》). 결국 잠시 혁명의 들뜬 분위기에 도취되었던 아큐는 오히려 혁명군의 손에 처형된다.

결국 〈아큐정전〉에서 루쉰이 말하고자 했던 것은 무엇이었을까? 낡은 사회 제도를 타파하고 새로운 사회를 건설해야 한다는 당위적인 명제보다 앞서는 것은 실제로 사회를 변화시키는 동력으로서 민중들의 각성이 필요하다는 것, 그렇기 때문에 "사람을 각성시킬 수 없는 모든 혁명은 가짜"일 수밖에 없고, "진정한 혁명의 목적은 어떤 전제 정권의 타도에 있는 게 아니라 사람의 각성에 있다"는 사실이 아니었을까?

모든 새로운 시작은 과거와의 결연한 단절로부터 시작한다. 이런 과감한 자기 부정의 노력 없이는 그 어떤 것도 새롭게 시작할 수 없는 것이다.

…… 한편으로 발전은 자본주의적 세계시장의 등장으로 박차를 가하게 된 사회의 거대한 객관적 변화들을 의미한다. 즉 꼭 경제적인 것만은 아니지만 본질적으로 경제적인 발전을 의미한

다. 그러나 다른 한편으로 발전은 이런 거대한 충격으로 개인적인 삶과 인격에 발생하는 중요한 주체상의 변화를 지칭한다. 즉 인간 능력의 고양이나 인간 경험의 확장으로서의, 자아발전(self-development)이라는 관념 속에 내포된 모든 것을 지칭한다. 페리 앤더슨, 〈근대성과 혁명〉,《창비》1993 여름

변화의 주체는 결국 관념적인 자아가 아니라 일상적인 삶 속에서 살아가는 개별적인 존재들이고, 발전이라는 것은 그들 한 사람 한 사람의 '개인적인 삶과 인격에 발생하는 주체상의 변화'라는 것이다. 그렇기 때문에 혁명은 어려운 것이다. 혁명은 올림픽에서 금메달을 딸 만한 자질과 능력을 가진 몇몇 소수를 집중적으로 육성해서 금메달을 따는 것을 의미하는 게 아니라 조금 더디긴 하지만 함께 살아가는 모든 사람들이 다 같이 내딛는 한 걸음 한 걸음에서 완성되는

것이기 때문에. 그래서 이제는 먼 과거의 인물이 되어버린 루쉰의 고민이 현재적 의미를 갖는 것 이다.

1 원제는 〈자서自序〉로 1923년 8월 21일 베이징北京의 《신보晨報》〈문학 순간文學旬刊〉에 발표되었다.

2 평지목은 '자금우紫金牛'라고도 부르는 상록 관목으로 뿌리와 껍질이 약용으로 쓰인다.

3 여기서 N은 '난징Nanjing(南京)'을 가리킨다.

4 K학당은 루쉰이 1898년 난징에 가서 다녔던 '강남수사학당江南水師學堂'을 가리킨다. 루쉰은 그 이듬해에 강남육사학당江南陸士學堂 부설 광무철로학당鑛務鐵路學堂에 다시 입학해 1902년 졸업한 뒤 청 정부의 장학생으로 일본에 유학갔다.

5 영국인이 지은 생리학 관련 서적으로 1851년에 번역되어 광둥의 진리푸후이아이이쥐金利埠惠愛醫局에서 석인본으로 간행되었다.

6 영국인이 지은 영양학 관련 서적으로 1879년 상하이 광학회廣學會에서 펴냈다.

7 루쉰이 1904년에서 1906년까지 다녔던 '센다이仙臺의학전문학교'를 가리킨다. 현재 도호쿠대학東北大學 의과대학의 전신

이다.

8 쉬서우창許壽裳, 위안원써우袁文藪, 저우쮜런周作人 등을 가리킨다. 이 가운데 위안원써우는 영국으로 유학을 가 루쉰과 쉬서우창, 저우쮜런 세 사람만 남았다.

9 베이징의 쉬안우먼宣武門 바깥 난반졔후퉁南半截胡同에 있는 사오싱회관紹興會館을 가리킨다. 원래는 산인山陰과 구이지會稽, 두 현의 회관으로 산구이회관山會會館이라 불렀다. 1921년 산인과 구이지 현이 사오싱紹興 현으로 합병된 뒤 사오싱회관으로 개칭했다. 이곳은 베이징에 올라온 사오싱 출신 사람들을 위한 거주지였는데, 역시 사오싱 출신인 루쉰은 이곳에서 1912년 5월부터 1919년 11월까지 기거했다.

10 당시 루쉰은 교육부 관리로 근무하면서 남는 시간에 중국 고대의 조상造像과 묘지 등의 금석 탁본을 연구했다. 이것들을 모아 나중에 『육조조상목록六朝造像目錄』과 『육조묘명목록六朝墓名目錄』으로 묶었다(후자는 미완성).

11 당시 지식인들 사이에서 이른바 '문제와 주의' 논쟁이 벌어지고 있었는데, 바로 이것을 가리킨다.

12 당시 신문화 운동을 주도했던 인물 가운데 하나인 쳰쉬안퉁錢玄同을 가리킨다. 루쉰은 일본 유학 시절 그와 함께 장타이옌章太炎에게 문자학 강의를 듣는 등 친분이 있었다.

13 1921년 12월 4일부터 1922년 2월 12일에 걸쳐 베이징 『신보·부간晨報·附刊』에 매주 또는 격주로 연재되었다. 필명은 바런巴人으로 발표했다. 〈아큐정전〉은 루쉰의 첫 번째 소설집인 《외침》에 수록되었다.

14 원문은 "立言"이다. 『좌전』 양공 24년에 노魯나라의 대부 수쑨바오叔孫豹의 말이 실려 있다. "내가 듣건대 최상은 덕을 세우는 것이고, 그 다음은 공을 세우는 것이며, 그 다음은 말을 남겨 놓는 것인데, 이 세 등급의 사람은 죽은지가 오래되어도 없어지지 않는 것이니 이것을 불후라고 하는 것이오.豹聞之: 大上有立德, 其次有立功, 其次有立言, 雖久不廢, 此之謂不朽."

15 이것은 《논어》〈자로〉편에 나오는 말로 원문은 다음과 같다.

"名不正則言不順, 言不順則事不成."

16 원제는 Rodney Stone인데, 작자는 디킨스(1812~1870년)가 아니라 코넌 도일Arthur Conan Doyle(1859~1930년)이다. 루쉰은 1926년 8월 8일 웨이쑤위안韋素園에게 보낸 편지에서 이 잘못을 인정한 바 있다. 이 작품은 천다청陳大澄 등이 번역했고, 상무인서관商務印書館에서 출판한 《설부총서》의 하나로 발행되었다.

17 이것은 번역가인 린쉬林紓가 백화문을 주장하는 이들을 공격하기 위해 한 말이다. 여기서 "콩 국물 행상"은 당시 베이징대학 교장이던 차이위안페이蔡元培의 아버지를 가리키는데, 이것은 쓰멍思孟의 《식사息邪》(또는 《북경대학주정록北京大學鑄鼎錄》이라는 이름도 있음)라는 책 안의 〈차이위안페이 전蔡元培傳〉(1919년 8월 7일 《공언보公言報》에 실림)에서 비롯된 것이다. 여기서 쓰멍은 차이위안페이의 "아버지 아무개는 콩 국물 파는 것이 직업이었다. 수차례 수모를 겪은 뒤 아들에게 '나는 천한 직업으로 무시당했으니 너는 열심히 공부해 이 치욕을 씻지 않으면 내 아들이 아니다'라고 말했다."라고 썼다. 하지만 이것은 사실이 아니고, 차이위안페이의 아버지는 태환 업무를 하는 작은 점포의 지배인이었다. 하지만 백화문을 반대하는 이들은 백화문 주창자들 가운데 우두머리 격인 차이위안페이를 공격하기 위해 이 말을 유포했던 것이다.

18 청대 펑우馮武가 지은 서법에 관한 책으로 모두 10권이다. 여기서 '정전正傳'은 '정확하게 전수한다'는 뜻이다.

19 원문은 토곡사土穀祠로 마을의 토지와 곡식의 신을 모시는 사당이다.

20 당시 사오싱紹興 지역에서 유행하던 지방희地方戲의 일종이다.

21 광서 31년(1905년) 청 정부는 과거 시험을 폐지했다.

22 이것은 『좌전』 선공 4년에 나오는 말이다. 초나라의 사마인 쯔량 子良(성이 뤄아오若敖)이 아들 웨쟈오越椒.를 낳았을 때 쯔량의 형인 쯔원子文이 말했다. "이 아이는 반드시 죽여

야 한다. 이 아들은 곰과 호랑이의 형상에 승냥이와 이리의
목소리를 내고 있다. 죽이지 않는다면 반드시 우리 뤄아오
씨를 멸족시킬 것이다必殺之! 是子也, 熊虎之狀而豺狼之聲;
弗殺, 必滅若敖氏矣." 하지만 쯔량은 그의 말을 듣지 않았다.
쯔원은 임종 시에 일족을 모아 놓고 말했다. "귀신도 먹을 것
을 찾는 법인데, 우리 뤄아 씨의 귀신은 굶게 될 것이다鬼猶
求食, 若敖氏之鬼, 不其餒而!" 과연 그 해 가을 뤄아오 씨 일
족은 멸문지화를 당했다.

23 원문은 "不能收其放心"으로 『상서尙書』「필명畢命」 편에 나
온다. "교만함이 지나치고 자만하면, 앞으로 악한 결말로 끝
내게 될 것이요, 비록 방심을 거두어 놓기는 하였지만, 이것
을 등한히 하면 어려움이 닥칠 것이요驕淫矜侉, 將由惡終.
雖收放心, 閑之惟艱." 여기서 '방심'은 마음이 질정없다는 뜻
이다.

24 루쉰은 〈주간《극》편집자에게 보내는 편지〉(《차개정잡문》)
에서 다음과 같이 말했다. "또 오늘자《아큐정전》에서 '샤오
D는 아마 샤오둥小董이겠지'라고 했는데, 그렇지 않습니다.
그의 이름은 샤오퉁小同으로 자라면 아큐와 같은 인물이 됩
니다."

25 이것과 뒤에 나오는 "후회해도 소용없어, 취해서 잘못 쳤
구나. 정鄭 가네 아우를. 후회해도 소용없어, 아이, 아이,
야……"는 당시 사오싱의 지방희《용호상박》에 나오는 창사
唱詞다.

26 원문은 참깨를 갈아 걸죽하게 만든 장인 '마장麻醬'이다. 마
작은 '마장麻將'이라고도 하는데, 루쉰은 여기서 발음이 같
은 '마장麻醬'을 씀으로써 웨이좡 사람들의 무지함을 풍자하
고 있는 것이다.

27 겉으로는 공경하는 체하면서 실제로는 꺼리어 멀리함.

28 이 말은 《논어》〈자한〉 편에 나온다. "공자께서 말씀하셨다.
나이 어린 사람은 두려운 존재라 할 만하다. 어찌 그의 장래
가 지금만 못할 것이라 단정할 수 있겠느냐? 어떤 사람이 사
오십이 되도록 명성을 얻지 못했다면 이 역시 두려워 할 일

은 아니다. 子曰, 後生可畏, 焉知來者之不如今也, 四十伍十而
無聞焉, 斯亦不足畏也已.”

29 이 날은 서기 1911년 11월 4일로, 신해혁명이 일어난 지 25
일 째 되는 날이다.《중국혁명기》제3책(1911년 상하이上海
자유사自由社 편인編印)에 의하면, 신해년 9월 14일에 항저
우 부杭州府가 민군民軍에 의해 점령되었고, 사오싱 부紹興
府는 그 날 광복을 선포했다.

30 숭정崇禎’은 명 사종思宗 주유젠朱由檢의 연호이다. 작품에
서는 ‘崇正’으로 표기되어 있는데, 이것은 잘못이다. 명이 청
에 망한 뒤 청 왕조의 통치에 반항하는 세력 가운데 ‘반청복
명反淸復明’을 구호로 내세운 이들이 많았다. 그래서 당시
신해혁명이 일어나자 이것을 숭정 황제의 복수라 여겼던 이
들이 상당수 있었다.

31 이 말은《상서》〈윤정胤正〉 편에 나온다.

32 명 선종宣宗 선덕宣德 연간(1426~1435년)에 만들어진 유
명한 소형 동제銅製 향로로, 바닥에 “대명선덕년제大明宣德
年製”라는 글씨가 씌어져 있다.

33 ‘시유당柿油黨’은 중국어로 ‘자유당自由黨’과 발음이 비슷
하다. 루쉰은 〈아큐정전을 쓰게 된 연유〉(《화개집 속편의 속
편》)에서 다음과 같이 말했다. “다른 하나는 ‘시유당’인데 이
는 음역하는 것이 나았다. 왜냐하면 원래 ‘자유당’인데 시골
사람들이 알아듣지 못할까봐 그들이 이해할 수 있는 ‘시유
당’으로 바꾸었기 때문이다.”

34 오대 때의 류하이찬劉海蟾을 가리킨다. 중난산終南山에서
수도하여 신선이 되었다고 한다. 민간에 유행하는 그의 화
상畵像은 일반적으로 긴 머리를 늘어뜨리고 이마는 단발로
덮여 있다.

35 여기서 ‘홍 형’은 리위안훙黎元洪(1864~1928년)을 가리킨
다. 후베이 성湖北省 황피黃陂 사람으로 원래는 청 왕조 신
군新軍 제21 혼성협混成協의 협통協統(이후의 여단장)이었
다. 1911년 우창武昌 기의 때 끌려나와 혁명군의 악군도독
鄂軍都督이 되었다.

옮긴이 **조관희**

조관희(trotzdem@sinology.org)는 연세대학교 중어중문학과를 졸업하고, 같은 학교 대학원에서 공부했다(문학박사). 상명대학교에서 학생들을 가르쳤다(명예교수). 한국중국소설학회 회장을 역임했다. 주요 저작으로는 《조관희 교수의 중국사》(청아), 《조관희 교수의 중국현대사》(청아), 《소설로 읽는 중국사 1, 2》(돌베개), 《청년들을 위한 사다리 루쉰》(마리북스). 《후통, 베이징 뒷골목을 걷다》(청아), 《베이징, 800년을 걷다》(푸른역사), 《교토, 천년의 시간을 걷다》(컬쳐그라퍼) 등이 있고, 루쉰(魯迅)의 《중국소설사(中國小說史)》(소명출판)와 데이비드 롤스톤(David Rolston)의 《중국 고대소설과 소설 평점》(소명출판), 자오위안런(趙元任)의 《중국어문법》(한국문화사)을 비롯한 다수의 역서가 있으며, 역시 다수의 연구 논문이 있다. 지은이에 대한 상세한 정보는 홈페이지(www.amormundi.net)로 가면 얻을 수 있다.

Q

실존과 경계 시리즈 08

아큐정전

초판 1쇄 발행 2025년 9월 30일

지은이 루쉰
옮긴이 조관희
펴낸이 이혜경
기획 · 관리 김혜림
편집 변묘정, 박은서
디자인 여혜영
마케팅 양예린

펴낸곳 니케북스
출판등록 2014년 4월 7일 제300-2014-102호
주소 서울시 종로구 새문안로 92 광화문 오피시아 1717호
전화 (02) 735-9515
팩스 (02) 6499-9518
전자우편 nikebooks@naver.com
블로그 blog.naver.com/nikebooks
페이스북 facebook.com/nikebooks
인스타그램 (니케북스) @nike_books
　(니케주니어) @nikebooks_junior

ⓒ 니케북스 2025

ISBN 979-11-94706-20-5 02820